女神
进化论

SI ZHUREN

寺主人 著

湖南文艺出版社
HUNAN LITERATURE AND ART PUBLISHING HOUSE

博集天卷
CS-BOOKY

图书在版编目（CIP）数据

女神进化论 / 寺主人著. —长沙：湖南文艺出版社，2017.7
ISBN 978-7-5404-8065-3

Ⅰ.①女… Ⅱ.①寺… Ⅲ.①女性－成功心理－通俗读物 Ⅳ.①B848.4-49

中国版本图书馆CIP数据核字（2017）第090665号

上架建议：畅销书·励志

NÜSHEN JINHUALUN
女神进化论

作　　者：寺主人
出 版 人：曾赛丰
责任编辑：薛　健　刘诗哲
监　　制：蔡明菲　邢越超
选题策划：李　娜
特约编辑：温雅卿
封面设计：林果果
插　　画：Lylean Lee
版式设计：李　洁
营销推广：李　群　张锦涵　姚长杰
出版发行：湖南文艺出版社
　　　　　（长沙市雨花区东二环一段508号　邮编：410014）
网　　址：www.hnwy.net
印　　刷：三河市中晟雅豪印务有限公司
经　　销：新华书店
开　　本：880mm×1270mm　1/32
字　　数：187千字
印　　张：11
版　　次：2017年7月第1版
印　　次：2017年7月第1次印刷
书　　号：ISBN 978-7-5404-8065-3
定　　价：42.00元

质量监督电话：010-59096394
团购电话：010-59320018

前言

改变自己，只为成为更好的自己

寺主人是我的网名，这个网名并没有太多含义。

从经历诺基亚裁员，到我自己创立的女神进化论公众号粉丝过百万，已经过了两年的时间。

很多人可能会觉得奇怪，我只是一个非常普通的人，就是那种丢在人堆儿里就找不到的样子，为什么会有那么多的人关注我的公众号呢？

我觉得，也许是因为我就像一群普通女孩的缩影，我已经走过了许许多多她们正在走或者可能会走的坑，成了那个可以指路的人。

像很多女孩一样，我曾因为不恰当的护肤方法毁了自己的脸，后来我自学皮肤学、化妆品配方及工艺的知识，终于明白了如何正确地护肤，最终我脸部的皮肤完全恢复，这花了我10年的时间。

我也曾因为1个月减了30斤而得了各种病，后来终于恢复体重并且稳定在了一个健康的水平线上。在我知道了如何正确地饮食和锻炼以保持健康体重后，我的观念也从以瘦为美转变到以健康为美。

在大学我成绩不好，连续两年考研失败，但最后跨专业申请到了香港理工大学设计学院的研究生，并且以全班第一的成绩毕业。

我从一个不知名的小公司的用户研究员做到微软的高级交互设计师，也曾是2014年Lumia（诺基亚非凡系列手机）旗舰机的主打应用LumiaSelfie（一个手机自拍应用程序）的主设计师。

在经历了裁员后，我连续两个项目创业失败，女神进化论公众号是第三个。

这个半爱好半工作的项目，我竟然意外地做了两年，还拿到了天使投资，团队越来越大，关注量也越来越多。

经常会有人问我，这个公众号为什么要叫女神进化论？是不是让大家都变成白富美？

我对女神的定义并不是白富美，如果是，那么我并没有资格来和大家分享什么经验。

我的女神，是那些能够改变自己，让自己变得更好，让周围的人变得更好，健康自信的女孩。虽然这看上去很简单，但真正能够做到的人并不多。

这几年，随着心理学知识的逐渐普及，"原生家庭"这个概念被无数倍放大，似乎你的命运完全是由原生家庭决定的。

由此，很多人滋生出了对父母更多的不满和愤恨，觉得自己的失败都是因为基因不好——出生在了条件不好的家庭、父母的教育不妥、学校不好、社会不公。

"我今天会变成这样都是你们的错！"很多人心里是这么想的。

如果真是这样，那我们是否也可以说，那些有着不妥当教育方式的父母，他们之所以会这样教育子女，也是因为他们的原生家庭？

如果他们也抱有"我今天会变成这样都是原生家庭的错！"这样的想法，那么他们可以堂而皇之地告诉你："不要怪我，是你奶奶把我教育成这样的，你要怪只能怪她了。"

于是，祖祖辈辈无穷尽也。

你有没有想过，如果你有了孩子，你会比你的父母更好吗？

了解原生家庭对你造成的影响，最大作用有两个：

1. 知道自己的一些行为特征和想法是怎么来的，消除内疚感，知道如何改善。

2. 在未来对自己子女的教育中起到参考借鉴作用。

美国社会心理学家费斯汀格有一个理论：生活中的事 10% 是由发生在你身上的事情组成，而另外的 90% 则是由你对所发生的事情如何反应所决定。

这就是"费斯汀格法则"，也被称为"90/10 法则"。

那么当你看到这一篇文章的时候，相信你已经不再是个幼儿，你可以在当下做出一个选择：

你究竟是怨天尤人地把一切都归因于原始家庭的影响然后止步不前，还是改变这一切，从现在开始，把自己当成自己的孩子来培养，做自己最好的父母。

如果你选择后者，我们这本书的内容就是从零开始和你一起来做自己的父母，掌握自己的人生。

在我并不长的人生里，走过的坑，读过的书，都零零散散地汇总在了这本小小的书里。

这本书并不是宝典，也不是一本读了就能成功的书，但我希望它能够给你以启发，让你更有动力去面对生活，成为更好的自己。

目 录
Contents

Chapter

1

人生养成指南

001

Chapter

2

职场养成指南

067

目 录
Contents

Chapter

3

身体养成指南

123

Chapter

4

恋爱养成指南

185

Chapter

5

情商养成指南

205

目　录
Contents

Chapter

6

大脑养成指南

269

Chapter

1

人生养成指南

女 / 神 / 进 / 化 / 论

你可以不"奋斗"，只要你能承受不奋斗带来的代价，或者有着不

碰到风浪的运气。

年轻人的"奋斗"是为了磨好自己的剑

2014年，我经历了微软收购诺基亚后的第一次裁员风波。

在宣布裁员的第一天，我的上司不在中国，我和隔壁部门的老大一起吃了中午饭。她边吃边说：

"我有一些老同学在美国飞利浦工作。那时候能进飞利浦真是精英，进去了以后感觉就是这辈子都不愁了，工资高福利好，稳定。工作也很轻松，效益好，做好自己的分内事就行了，老板也对你很宽松，不会像小公司那样苛刻。"

"可谁知道有一天飞利浦就不行了呢？"

裁员来了，很多都是高级工程师、高级设计师，一把年纪了在自己那个岗位上工作了十几二十年，被裁的时候的专业技能就只能做手头那点活儿了（注：很多大公司岗位分得比较细），出去根本干不了外面的活儿。

年轻的时候到了一个地方，待着不走，又不做别的事情，久而久之就被打磨成了特定机器上的一个零件，你只有在这个机器上的时候才运转良好，某一天这个机器不行了，你再想去别的机器上就难了。

那些在诺基亚工作的塞班大神，当年都是各大著名高校最顶尖的精英。随着塞班的没落，很多人并没有补充其他技能，导致被裁员后找不到工作。当然，他们进了当年如日中天的诺基亚以后可以说："我领着比同龄人高的工资，干着比同龄人轻松的活，没偷没抢，为什么要奋斗呢？"

你可以不"奋斗"，只要你能承受不奋斗带来的代价，或者有着不碰到风浪的运气。

央视节目《人物》曾有一期是关于舞蹈演员陈爱莲的。十年动乱期间，陈爱莲在农场工作之余，坚持每天练功，而其他演员早已放弃自我。十年动乱结束后，她得到了第一场大型歌舞剧《文成公主》的角色。

"奋斗"不代表你一定要去大城市，或者你一定要创业，又或者你一定要离开体制内。

对我个人而言，"奋斗"的底线是磨好自己的剑，不要让它在稳定中生锈，以致在不稳定的时候无法使用。让你的剑变得光亮锋利，在你去你想去的地方时，它可以为你劈开路上的荆棘。

相对的稳定（待在一个看上去稳定的地方）会随着环境变化变得极为不稳定，而磨好剑带来的绝对的稳定，则会伴随你终生。

即使在别人左右摇摆你的时候，你依然可以保持稳定。

为什么努力却得不到回报？

☆知道什么是"杠杆率"

如果杠杆使用得当，一点小小的力量就可以撬动庞然大物。我们需要提高杠杆率来达到事半功倍的效果，而不是使用蛮力。

影响杠杆率的因素，我认为主要有六个：天赋、资源、选择、时机、方法、努力。

这六个因素都会影响你的产出，如果你努力了，你就会得到你努力的那一部分的回报。

☆承认天赋的客观差距

天赋包括但不局限于智力、情商、兴趣……每个人的先天情况不同，你首先需要做的是承认你在很多地方都不如别人有天赋，所以看到有天赋的人花很少的努力就能取得回报时也不要心理不平衡，承认这个客观事实会让你觉得好过很多。

另一点就是尽量发现自己的优势所在。我们所经历的教育多是"补短"教育，从小就要不偏科，不拖后腿。但事实上，除了考试以外，把时间花在你比较擅长的地方的回报要远远高于你去补短。报大学的时候选择自己感兴趣并且擅长的科目，找工作的时候选择自己感兴趣又有优势的岗位。如何发现自己的优势？我会进一步来说。

☆认识到资源的重要性

经常能够听到人说："×××是靠×××才如何如何的。"仿佛不靠个人"努力"就得到回报是很可耻的。但事实是，能够充分利用资源也是一种个人能力，甚至可以说是一种很重要的个人能力，因为它的杠杆率非常高。

举个例子，在更新专栏的过程中我发现，关于服装搭配、日货推荐这一方面，我没有精力去写，于是便邀请了几位好友一起来写，这样一举多得，她们的文章得到了更大程度的曝光，而我节省了时间和精力，读者则能够读到多样性的内容。

但同时你也会发现，你的个人价值越大，能够被你利用的资源的价值也会越大，永远需要记得的是，价值永远是等价交换的。很多人在年轻的时候以为"经营人脉"就是去结识各种大佬，换位思考一下，你可以给大佬们提供什么而能让他们给予你资源呢？

不如把这个时间花在两个地方：

1. 提升你的个人价值，磨炼一技之长。

2. 利用好和你价值相当的资源，进行平等的资源交换，互相促进对方往更高的价值点发展。

☆ 认识到时机和社会趋势的重要性

有些人经常会说"不赶趟"。在一个错误的趋势下哪怕做一件你喜欢又擅长的事情，杠杆率都是极低的。举个例子：人人网（校内网）出来以后不久，很多类似的网站比如海内网、朋友网等，都出来了，但是校园社交的红利期已经过去了，人人网的网络效应已经形成，你的产品体验再好，你的代码再稳定，运营能力再牛都很难扳回这局，理论上也可以扳，但代价和成本将远超人人网当初。

淘宝、微博、微信早期红利都是如此。很多能力平平的人抓住了机会，有时候就是要比一个能力很强的人在错失机会后的成功率要高。所以当你看到"为什么傻子都能赚钱"的时候心理不要不平衡。能看得到时机，并且把握住，也是一种很强的能力。如何才能把握时机，我会进一步说。

☆认识到选择的重要性

The difference between successful people and very successful people is that very successful people say 'no' to almost everything.

—— Warren Buffett

成功的人和非常成功的人之间的区别在于，非常成功的人懂得拒绝。

——沃伦·巴菲特

认识到天赋、资源还有时机的重要性后，你根据这三个因素可以做出一些决定自己命运的选择。很多人在多年以后会为当初因为种种原因做错的选择追悔莫及，然而沉没成本已经投进去了，于是很多人最后都处于骑虎难下的境况。

举个例子，我第一个项目是做智能手表。现在回想起来真的是自己一厢情愿，相信很多想创业者都和我一样，项目那么多，偏偏选择一个自己喜欢但不擅长的，那么苦就自己吃吧。我在硬件方面完全没有优势，不熟悉供应链，不熟悉研发，明明知道很多硬件大佬都被坑了，自己还要往里跳。除了"不自量力"以外再没有别的词来形容。

回想当初，很多人都劝过我不要做智能手表。一方面是时机不好，产品较弱，另一方面是因为背景实在太不相关。后来我反思，如果这件事是资源驱动的，而你恰好没有资源，或者找到资源的成本比你的对手高得多，那最好慎重选择。而选择你擅长的、感兴趣的、符合社会整体趋势的事情，才是杠杆率最高的。

☆ 认识到做功和做无用功是两个概念

有四个人，都要从A点去B点。

第一个人选择了理想中最快的途径，一开始就知道路该怎么走。

第二个人在开头稍微探索了一下，很快就找到了方向。

第三个人从头到尾都在各种折腾，乱跑，找不到方向。

第四个人不管多费劲儿多努力都跑不到终点。

见过太多第四种类型的人，勤奋、拼命，但不知道为什么自己就是达不到目的。一开始就不知道往下一站最快的路是什么，拼了命地在原地奔跑。一边用天道酬勤鼓励自己，一边还要抱怨努力得不到回报。不要用战术上的勤奋掩盖战略上的懒惰。

做功和做无用功是两个概念，不要以为你在努力，其实你是在浪费时间而已。高效的人用20%的努力取得80%的结果，低效的人用80%的努力取得20%的结果。

思考一下你的学习方法、工作方法是否有效，这比闷头学闷头干活重要得多。因为，早年各种"学习的革命"和某些成功学的东西影响太不好，导致很多人以为学习方法或者工作方法是所谓"奇技淫巧"而拒绝一些可行的学习方法，这也是一种思维误区。

举个例子，我最开始考托福的时候进书店随便买了一本托福词汇书，然后开始按照中小学背单词那样的方法背。背了3列之后我就筋疲力尽再也不想背了。想当初如果闷头坚持背下去，不仅花费时间长，自己学得苦，而且背到最后一列时就有可能把前面半本书都忘了。后来我看了《17天搞定GRE词汇》，两周就解决了那一本单词书。举的这个例子应该有很多人都跟我有共鸣。

综上所述，大部分情况下可能的杠杆率（只是大部分情况）如下：

正确的时机>有效资源>某一领域的高智商>强烈的兴趣>正

确的方法论>高劳动密度

总结成一句话就是：先看做某件事有没有相对有效的资源，然后看在不在你的能力范围内，接着看你感不感兴趣，上述都没问题的情况下再研究一下做这件事的方法，最后开始高劳动密度的实施。

☆ 系统化学习

这里是针对已有他人成熟经验的领域来说的，如某个岗位的升职、升学等。

如果有资深的老师或者前辈，就去请教他们。如果没有好老师，那就去找综述类的书和视频看。大量碎片化的信息摄入会造成你觉得你自己学了很多东西的假象。这些未成系统的信息反而会让你偏离正轨。

☆ 结构化试错

对于没有他人成熟经验的领域，如创业、科研以及探索自己的擅长点，很难找到一个已有的系统知识体系，你能做的只有缩短试错的时间，加快试错的速度。

对我而言，《精益创业》这本书常看常新，它不仅对创业有帮助，而且从一个更高的层面来讲，它提供的是面对一种不确定性的方法论，即如何在面对不确定性时去结构化来减少不确定性，减少盲目试错导致的失败，也减少臆想的规划导致的失败。

☆进入"时间原点"获取资源

虽然网络时代缩短了信息时差，削弱了壁垒，但不得不承认，信息依然有时差，也依然有壁垒。如果你不在某类信息的核心区域，你可能永远都抓不住一些机会和资源。

这个时间原点包括圈子、地区等许多因素。举个例子，初次创业又没有特别出色背景的同学可能很难接触到投资人，甚至连程序员都找不到，虽然可以通过很多渠道获得联系方式，投递BP（商务计划书）或者去会场搭讪，参加创业大赛等，但这些都是相对来说成本较高并且确定性较低的事情，因为你自己也不知道哪家投资机构好，投哪些领域，看哪些方向，程序员也十有八九不会搭理你。

但如果你在这个圈子待过一段时间，自然而然就会了解相应的情况，能够节省更多的时间。当然，首先要提高自己才能进入圈子，圈子的资源对于你才是有效的。

特劳特的"赛马理论"可能会改变你的一生

经常会有人和我抱怨生活工作辛苦,那么努力为什么却没有得到很好的回报,不知道什么时候才能"熬出头"。

我不止一次和别人推荐过这本书,阿尔·里斯(Al Ries)和杰克·特劳特(Jack Trout)的《成功的关键是找一匹马来骑》(*Horse Sense: The Key to Success Is Finding a Horse to Ride*),中文译名还有《赛马》和《人生定位》。

这本书从出版到现在已经快30年了,它并不是一本经典畅销书,中文版应该也已经买不到了。大家可能对Jack Trout的另一本市场营销经典书《定位》更为熟悉。

两次考研失败后，我无意中看到了这本书。

这本书的核心理念对我的影响非常大，在让我觉得醍醐灌顶的同时，提醒我在每一个路口需要注意的事情，让我能够更清楚地看到事情的本质。

以前我和大多数人一样，在传统的以勤奋、努力为指导的教育下，觉得只要努力学习，考好学校，找个好工作，然后努力工作就可以一步一步地按照"职业规划"飞黄腾达了。

这里的错误在于，如果人生是一场比赛，我们把自己当成一匹马，靠自己的速度去跑，那么这个天花板是很低的，因为你的产出是非常有限的，哪怕你不吃不喝24小时都在工作，也创造不出太大的价值。

而如果你把自己当作骑师，把周围的一切资源当作马，那么你就可以通过选择合适的马来加快自己的速度。

我们经常说的"学会借力"，也是这个意思，但更多人是把"借力"用在微观的层面上，而不是宏观的层面。

"骑马"和"选马"都是很重要的事情。

但遗憾的是，首先我们中的大部分人连骑马都骑不好。大部分人的工作岗位上都有无数可以发挥的机会，但是绝大部分人都不会去认真思考如何把工作做得更好。

更少的人能清晰意识到并且愿意花大量时间在"选马"这件事

上。会利用资源，是比"努力奔跑"更高的能力。这个很像投资，你不需要去自己做项目，你需要的是花时间知道什么项目好，然后把资源投在这个项目上。

这一篇和赛马理论的书里说的核心概念是一样的，但是内容是不一样的，可能对于初入职场的新人更有借鉴意义。

我们先来说一下学位的陷阱。

☆学位的陷阱

我问过很多考研的同学为什么要考研，很多人都说不出来个所以然，说出"好找工作吧"这句话出来，恐怕自己都心虚。

但是似乎一旦闷头复习，只要你努力用功就会消除自己内心对于未来不确定性的不安感，因为"努力就会有好结果"这种观念已经植根在你心里了。

这种不安的消除只是假象，最终导致的结局是你努力错了方向，浪费了时间。

事实上，大部分公司的大部分岗位都不看你是不是硕士，而更在乎你的工作经验和个人潜力。学位更多是个人潜力的体现，比如，可能会优先考虑重点院校的同学，但至于是本科还是硕士，并不是关键因素，如果你个人能力不足，这个学位连锦上添花的作用也没有。

如果你以后的工作不是非要硕士不可，我的建议是不要考研。等工作一段时间以后，想清楚是否需要读书，如果需要，再去读质量高的硕士（导师好，历届校友去向都很好）。

我们自己招聘的时候，也是不太看学历是硕士还是本科的，大家心知肚明硕士的那几年是个什么情况，硕士的含金量并不是那么高。我们更愿意招聘年纪更小的本科应届毕业生，因为他们相对而言韧性更大，思维更活跃。

☆以学习为马

学位在很多时候并不是一匹很好的马，但知识是。选学校的时候要选好学校这一点大家都很清楚，但是在选择晚上下班后或者业余时间干什么的时候，大部分人都不会选择"学习"。

而知识又是最便宜、效率最高的马。

买一本书，只要几十块钱，但可能看完一本马上就可以让自己的价值翻上好几番。听几次有价值的课，或者参加培训，参加实习，这些都是投入少但是收效迅猛的马。

"持续学习"和"求教"对很多人来说非常困难。我遇见过很多一筹莫展的人，坐在那里自己干想，卡住了以后怎么都想不出来好主意，和他们说"去看看资料学习一下"，或者"找有经验的人聊一聊"都无济于事。

有人可能还会觉得只有自己苦思冥想出来的结果才能叫"努力"吧。

持续学习和不持续学习的人，工作五年就能拉开相当大的差距。

这应该会是你的第一匹马。骑好了这一匹马，我们再来看第二匹马——工作。

先说陷阱。

☆工作的陷阱

很多人特别喜欢晒自己加班有多辛苦，在我看来这是非常愚蠢的。

除了一些紧急岗位上的紧急任务以外，大部分的加班都是毫无意义的，不是公司管理有问题就是个人管理有问题。

尼采在《权力意志》里说："'赞美劳动'，这是奴隶对自身的美化——因为他们没有闲适的本事。"

对你个人来说，首先如果你个人总是需要加班，就需要看一下是工作量安排不合理还是你自己时间管理或者工作效率有问题，工作量安排不合理，就去和上级沟通，是自己的问题，就赶紧优化一下工作流程。

我之前就遇到过一个给影楼修图的姑娘，她说她总是工作得很累，做几张简单的图就要花去好几个小时。我很好奇，就去看她到底为什么又慢又累，才发现她每次都在用一种很笨的办法在抠图，而且很多快捷键都不会用，用鼠标一个一个点击。

真的，这样干活儿就算是累死了，我也不会同情她的。

如果加班是因为公司管理效率不高，并且不能学到任何东西，我建议你换一份工作。因为你每加班一分钟都是在浪费你自己的时间。

想想你为什么要加班吧。

☆以工作为马

在刚步入职场的几年里，有两件事情是最重要的：

1. 在岗位上学习技能并且做出成绩。（这是基础。）

2. 在业余时间给自己充电，创造比你岗位本身更高的价值。（这是为未来的投资。）

先说第一条。

之前我在专栏里说过，所有的工作经历都需要能够把你自己的工作成果量化，也就是你做出的成绩，这个成绩比别人优秀在哪里。

如果公司没有KPI（Key Performance Indicator：关键绩效指标），可以自己去设立自己的KPI，比如，喜多萌（我们团队里的一位时尚编辑）的KPI就是她写的文章的点击率有多高，转发量有多大，读者的好评率有多高。如果喜多萌可以做到这类文章各项指标的行业第一，那这就是非常好的成绩。

但是这只是一个优秀员工的标准。

继续拿喜多萌来说，她自己在业余时间学产品设计，跳出了内容写作的框架，用自己已有的服饰知识加上产品设计知识，设计了一套给自己挑选合适衣服的在线工具，这就是创造了比岗位本身更高的价值。

她甚至可以拿这个设计去组团队融资。

我们团队里的一位律师也是，她不仅仅是一位优秀的律师，她还正在把法律和互联网结合起来，做自动化的法律工具。

这种创新才是个人价值的最大化。

所以选择一个能让你学到东西，并且能够发挥最大个人价值的公司和岗位，它就是你的一匹好马，然后你要做的就是好好骑，让它跑得更快。

☆ 人脉的陷阱

很多初入职场的新人会把时间大量浪费在积累"人脉"上。而大部分人积累的"人脉"并不是人脉，只是积累"通讯录"而已。

已经有很多文章里说过如果你是个名不见经传的小弟，就算加一百个大佬为微信好友，他们都不是你的有效人脉，你也并没有进入他们的"圈层"。

圈层里的人，一定是实力相当的。

如果你没有骑好前两匹马，这一匹你可能骑都骑不上去。

☆ 以他人为马

学好知识，做出成绩，然后就可以开始考虑如何骑好这第三匹马了。

校友、行业圈子和你周围的其他人等等都是你的马。

我在读书的时候没有想到校友关系会带来非常大的资源。无论是找工作还是谈商业合作，如果你有很强大的校友，很多事情就会变得非常容易。无论你是高考还是读研，一定记得关注一下自己专业领域的校友的发展情况。

毕业后和那些优秀的校友保持一定的联系，知道一下他们的动向。因校友关系而产生的机会要比你想象得多得多。

还有行业圈子给你带来的机会也是非常巨大的，创业以后尤其能够体会得到。

我骑了两匹马，一匹是我自己的职业技能——交互设计师，另一匹马是微软作为公司背书。好的交互设计师不多，很多公司都缺人，所以行业里的人都非常愿意认识我，这样我在创业初期就积累了很多人脉，包括投资人、媒体和其他资源。

这些资源都在创业的这两年里发挥了很大的作用，最大的是信息的前瞻性。因为你在行业圈子里，所以你对行业的敏感度一定是高于圈外人的。

另外，创业这件事本身其实也是我接触到的圈子促使我开始的。如果我周围没有这样的圈子，我可能也不会选择创业，因为我压根儿不知道创业会给自己带来什么。

很多不是互联网圈，也不是媒体圈但是想创业的人约我聊经验，聊得多了你就会发现，圈外人的敏感度非常差，和他们解释一个圈内人已经觉得是常识的概念都需要很长的时间，到最后，可能他们还不一定能够完全明白。

这种信息差距也是影响非常大的一个要素。

最后，周围所有能接触到的人其实都是你的"马"。而很多人不知道如何"使用"他人。

很多人宁可自己花时间花精力做一些对自己增值完全没有好处的事情（比如打扫卫生），也不愿意花点钱找别人代劳。这种"省钱"，反而是最不省钱的。

还有很多领导都喜欢亲力亲为，自己累得要命不说，效果还很差。

我认识一些同样做自媒体的同学，他们总是抱怨招不到会写的人，而他们又不愿意花时间培养新人，最后的结果就是他们自己写得累死，还没有时间来给自己充电。

所以，很多人都在"努力"工作，把自己当作赛马，但不知道自己其实可以做骑师，也不知道有什么马可以骑，该怎么骑，所以一直都在努力地跑，速度却很慢。

所以我们能做的是：

1. 骑好第一匹容易骑的马，利用一切空余时间好好学习，让自己增值。

2. 骑好第二匹马，利用工作岗位好好创造自己的价值。

3. 骑好第三匹马，利用他人，放大自己的价值。

你迷茫，是因为你一直站在原地

"迷茫"是被频繁提到的一个词。正在上大学，不知道以后做什么工作；工作了几年，事业进入瓶颈期，不知道该何去何从；快要毕业，不知道该选择读研还是工作……

我一直觉得大部分的"迷茫"其实是一件非常好的事情，这说明你有选择。有个被说滥的梗，说人饿的时候只有一个愿望，就是吃饱肚子，但是人吃饱了，愿望就无限了。

回想一下小时候吧，你的唯一目标就是小考、中考、高考，大部分人都不用迷茫，因为没有选择，你必须走过那条独木桥。

现在你过了那条独木桥，发现自己面前有着千千万万条路，千千万万种可能性。大部分人的迷茫可能是根本看不见车在哪里。问题通常是："我怎么知道我自己擅长什么呢？""我怎么知道我想要什么呢？"很多人会觉得是自己不够了解自己，于是停留在原地，试图通过向内思考的方式来探索自己，了解自己。这也不错，但大部分时候这似乎会陷入一个死循环。

"迷茫"的根本原因在于缺乏足够的信息来做出决策，而非想得不够多。

举个例子，很多人觉得大学专业课很无聊，听到师兄师姐的就业情况，感觉自己并不喜欢类似的工作。大部分人的这些念头可能在脑海里一带而过，并不再继续探索了，也不存在"迷茫"的问题。

另一部分人这时候开始"迷茫"，不喜欢这个专业，但又不知道该怎么办，换个专业要是还不喜欢怎么办？

我的回答是：不要站在原地，跑起来，利用一切机会接触你感兴趣的信息。接触的信息面越早越多，经历越丰富，你做出的决策正确的可能性就越高，站在原地只会和昨天一样。

"疯狂就是做着同一件事，却期待着不同的结果。"

——爱因斯坦

　　所以，如果你还在大学里，多看些书吧，学校的图书馆是不要钱的。多参加一些不同类型的短期实习吧，公司还会给你钱。如果你迷茫了，请走出教学大纲，走出校园。如果你已经工作了，多看些书吧，比化妆品便宜多了。多参加一些圈子外的活动，认识一些其他行业的人，学一门你感兴趣的新手艺，接触你感兴趣的新专业领域。或许你会发现你职业下一个阶段的发展就是从你不断地学习中来的。

　　有时间可以快速试错是年轻时候最大的优势，这时候你试错的成本很低。当你年纪大了，有了家庭，有了那些你割舍不去的沉没成本，那时候你再意识到这样的生活并不是你想要的时候，错的代价就太高了，所以更多人这个时候会选择趋于稳定，一边抱怨生活一边被生活所困，却无法逃脱。

什么样的能量能支撑一个人走过人生的低谷？

我创业失败过，但不只是创业失败，我的历史上挂着满满的"失败"：高考失败、大学挂科、连续三年申请交换生都失败、考研连续两年失败、被公司集体裁员……

"精益创业"这个概念火了好几年，我一直都在不停地向别人推荐。因为无论是对于创业还是人生，它都能提供一些非常有价值的理念。

每一次所谓的失败都只是一个告知你"你之前的假设是错误的，需要寻找新的假设"的信号而已，它是一个转折点，而不是一个终点。

你的期望都是你的假设，而从零到一的创业过程就是低成本去不断试错和调整你的方向。在这个过程中，学习比结果更重要，越早验证你的一些想法是错误的反而对你越有帮助，因为时间是最大的成本。

分享一下我创业失败后的经历吧，创业失败后迷茫，不知道该怎么办时，可以尝试按照我的方法去做，这总比在原地止步不前好。

☆ 第一步：探索新方向

反思，总结教训

我曾在和PMCAFF（中国知名的产品经理公益组织，成立于2010年5月）的创始人阿德聊天的时候谈道："创业是否能够提升一个人的能力？连续创业以后不停进步是否就可以增加成功的机会？"

阿德说的话让我印象很深。大意如下：很多人创业的时候就是"盲目海量试错"，没有打法，导致创业无数次还是不停地在各种摔过没摔过的坑里摔，这种创业和买彩票并无区别，过了几年，当初是什么样，还是什么样。而"有目的的结构化试错"才能够从试错中获得有效信息，并且在一定程度上提升自己的能力。

我创业的第一个项目是智能手表。在长达三个月的团队搭建、产品定义、外观设计和技术调研后，这个项目还没正式开工就完蛋了，既没有融到资，也没有完成原型。我将自己在项目结束以后花了一个月的时间进行的反思，整理成了文档。

细节不说，大概反思的方向是：失败原因是什么？如果重来可不可以弥补不足从而推动项目继续进行？如果当初不做这个有没有更好的方向？当初反对的人都和我说过什么？他们说的对吗？为什么我没有听进去？

多见人，见新人

在无所事事的那段时间里，我拉了个叫"干货创业"的微信群。这个群由最初我认识的十多个人，一度被人拉人滚成500人的大群，后来出现了很多混乱，又被清理到200多人，目前一共有230多人，以保证群的质量。投资人、媒体人、各行各业的创业者，在这个群里促成了很多项目合作。

有了这个群后，我就开始组织一些线下分享活动，有一对一的，有小组讨论的，几乎每天都在见不同的人，聊不同的话题。一个好的话题，一群专业的人，你可以从中了解到非常多有营养的信息。不同创业领域大家都在干什么，难点在哪里，投资有什么风向，如何处理一些问题，等等。

跨领域学习

在大公司工作，职能相对专一化，创业却什么都要做。自己动手做、边做边阅读和请教前辈是最有效的跨领域学习方法。做智能手表的时候我请教了一打硬件专家，BOM（物料清单）上的每一条是怎么来的到现在我都历历在目。

头脑风暴多个新方向

通过一段时间的行业信息收集，就可以根据自己的优势想一些方向了，把这些方向列出来，想想怎样开始验证它们。

在确定了几个方向以后，我就开始验证可行性了。在前期快速验证可行性是非常必要的，它会帮助你节约大量的时间。而验证可行性并不需要你把最终设想的那个产品做出来才能够验证。

我当时有意向的方向和起步方法是：

（1）英语学习（需求调研）；

（2）对外汉语（尝试线下教学）；

（3）美妆；

（4）创业服务（做资源对接和产品设计咨询）。

四个方向是同时进行的，结果是我在美妆这个方向的优势一下就显现出来了，然后迅速放弃了走得不那么顺畅的其他三个方向。

有了一定流量以后，变现这件事就被提上了日程。首先，广告模式和我的内容本身有冲突，因为我的内容和核心价值之一就是"推荐适合的"，而不是推荐商家大肆宣传的，一旦植入广告，一定会影响到内容质量，从而影响到用户。那么电商或者O2O似乎就成了更好的选择。

我并不知道"女神进化论"是否可以往电商方向发展，如果高举高打做个电商APP，雇电商团队，租仓库，大批量进货，成本花费不说，时间周期也很长，最后验证不成功，钱和时间都会浪费。但很多团队都有这个高举高打的问题，好像不搞个APP就不能叫创业似的，这是个误区。

用最低的成本，最快地试错。

于是我就自己一个人开干了，自己找货源，仓库、发货就在我自己的房间里，自己打包，有的时候也会找人来帮忙。

现在已经基本验证完毕，转化率是没问题的，具体要看之后怎么做了。

☆ 第二步：学会放弃

不得不说很多人总是在坚持不适合自己的东西。有可能你不适合这个方向，却偏要去做，有可能你不适合创业，却偏要去创。不是不可以，而是风险很大，但如果你愿意去承担这个"不适合"的风险，那就去吧。

至于如何知道自己适不适合？只能是去做，失败几次，就知道自己适不适合了。一切没有开工前的分析都是纸上谈兵。

和压力做朋友

以前我对压力的理解和大部分人一样，觉得压力是有害身心健康的。

当遇到巨大压力的时候，我能躲则躲，给自己的理由是"不能有压力，不然会有损身体健康"。有的时候，硬着头皮上，告诉自己要抗压，要挺着，往往结束后感觉就像被扒了一层皮一样身心俱疲。

直到看了Kelly McGonigal（凯利·麦戈尼格尔）的*The Upside of Stress*（《压力的好处》），我一下子对"压力"这个词有了新的认识，完全转变了先前的观点，好像有一扇新世界的大门为我打开了。

McGonigal的这本书是偏思维干预的，而另一本书，久世浩司写的《抗压力》，则是将思维干预和练习相结合了的。

我把这两本书的知识和练习拆开了揉碎了，重新组合成了更浓缩、更易读并且操作性更强的方法。

具体分为三个部分：了解压力，拥抱压力，从压力中汲取智慧。

☆ 了解压力

"只有当你认为压力有害时压力才有害。"

这句话应该是McGonigal那本书里最核心的观点。就像开头说的，大部分人都认为压力是有害的，而事实并不是这样。

哥伦比亚大学心理学家克拉姆在长期研究中发现，人们面对压力时的思维模式会很大程度影响自己的行为和结果。觉得压力有害的人更倾向逃离压力源而不是解决它，会真的获得压力有害的结果；而以积极态度应对压力的思维模式则能够把压力转化为一种资源，解决问题后达到自我成长。

我们需要把"压力有益"作为一种信念，不断告诉自己这一点才能掌控自己的成长。

首先我们来看一下压力的三个好处。

☆压力的三个好处

好处1：压力帮你处理挑战

压力来临的时候人的身体会发生变化。你的交感神经系统启动，它会让你精神更加集中，全身的能量都会汇聚起来，呼吸加速，吸入更多氧气，心跳加速，将更多氧气和能量输送给肌肉和大脑。

当你感受到这些身体变化的时候，恭喜你，压力这个开关已经帮你开通了外挂包技能。你的抗压力被大大提高了。

这些身体的变化能够帮你更好地应对即将到来的挑战，这是你的身体在你遇到重要的事情需要能量挑战时送给你的礼物，你需要好好利用它。

好处2：压力帮你提升社交

在压力状态下，人们会因为恐惧和紧张感而启动亲社会本能。

回想一下，压力大的时候是不是经常会想找人倾诉？是不是想找人抱抱？

我记得自己考研的时候压力很大，那时候会经常打电话回家，和父母一聊就是好几个小时，而没有考研的时候，打电话的频率降低了，时间也减少了。

可以说是压力促进了我和父母之间的关系。

在读研的时候，因为学业压力大，大家组成互助小组，互相鼓励，一起完成任务，同学之间的情感非常深厚，要比本科较为闲散学制下的同学友谊亲密得多。

所以好好利用压力给你的这种亲社会本能，当压力来临的时候多和身边的人聊一聊，你会有更多收获。

好处3：压力帮助你学习成长

你的大脑会自动去吸收在整个压力体验经历中的经验和教训，从而成长为更加强大的大脑。

美国生物学家凯伦·帕克做的小猴子实验发现幼年经历过和母猴分开压力的小猴子的前额叶更发达。

前额叶是掌管你对自己的控制和理性思维的脑区，前额叶越发达，你对自己的控制程度就越高。

所以经历了很多压力事件并且能够应对下来，你的前额叶脑区会得到成长，不仅对于之后的压力处理会更得心应手，对于其他方面也会有很大的提升，比如对情绪的控制能力和自控力等。

知道了这三个好处，是不是一下子就觉得压力没有那么可怕了？

压力更像是一碗苦口良药，虽然苦，但是只要喝对了，你就能收获比没有压力更大的好处。

☆ 拥抱压力

人和人之间的差距就在于如何"把握刺激和反应之间的这段距离"。压力是外界刺激带给你的，如何处理压力全都看你，不同的应对方式会有完全不同的结果。

这里有三大方法和很多小技巧来帮助你应对压力，通过这些方法去应对压力，你可以获得更好的结果。

拥抱方法1：摆脱消极情绪的恶性循环

第一步是要用一些方法来摆脱压力带来的消极情绪。

技巧1：承认并拥抱压力

和逃避或者否认压力相反，我们需要坦然地承认压力，对自己说我压力很大。很多人觉得说自己有压力是一种懦弱的表现，但其实并不是。每个人都会有压力，只要这个事情对你来说很重要，你就会有压力，不需要去否认这一点。

压力出现的时候，坦然地承认自己有压力，好好感受它的存在，并且接纳压力，这是我们需要做到的第一步。

技巧2：系统思维干预

当压力来得太猛烈的时候，很多时候我们就会产生"不想干了"的感觉。

这时候需要对自己进行一个系统的思维干预，通过问自己一系列的问题让自己冷静下来。你可以把下面这些问题打印出来以防万一。

现在放弃会错失什么机会？对于你自己喜爱的价值和个人进步是不是会有影响？你的生命会因为这次选择而更加丰富了还是更加狭隘了？

如果你现在逃避了，逃避后替换的事情给你带来的好处会更多吗？

如果你不害怕有压力，你希望自己的未来是什么样的？通过追求某些机会，你的生命会成为什么样子？放弃这些机会你的代价会是什么？

花点时间把这些问题的答案写下来，认真思考一下，你会慢慢找到面对压力的勇气。当这种思维方式变成一种习惯后，你就可以更从容地应对压力了。

技巧3：减压四件套

运动、呼吸、音乐和写作这四个看似简单又普通的活动是极好的减压方法。

当你觉得压力大的时候，可以首先找个合适的场所一边听自己喜欢的音乐，一边散散步，尽量走慢一点，调整呼吸，把自己的呼吸放慢。一直走到你觉得感觉好一点的时候再重新投入战斗。

这个办法看起来很简单，却非常有效。很多人知道这个办法，但总是低估它，不愿意尝试。

下一次遇到压力的时候，去尝试一下好吗？

你一定会有新的发现。

技巧4：化压力为动力

压力越大意味着这件事情对你越重要，同时也说明这件事情对你而言是有意义的。想象一下一个没有压力的人生，也就意味着没有什么重要事情，生活也就失去了意义和乐趣。

所以当压力出现的时候，要意识到这是迎来了一次和自己的价值及生活的意义相关的事件。压力只是一个激发你全力战斗的信号。

另外，很多能够预见的生活压力，也是有意义的，而不需要被妖魔化。比如，刚刚有孩子的父母可能会手忙脚乱，有很多新来的压力，但同时应该认识到这是甜蜜的压力，你肯定不会希望再倒回到没有孩子的生活了。

既然获得了新的体验，那就适应一下新的压力吧，痛并快乐着，这就是生活本身。

这里有一个简单的能持续给你减压的方法，看似没什么关系，但是非常有用。

这个方法就是：写下你喜欢的价值和特质，并随时带在身边。

在脑海中想三个你觉得对你而言最重要的价值。

比如，对我而言重要的价值是智慧、健康和挑战。

明确自己的核心价值就像是在心里给自己设定了一座灯塔，就算在航行中遇到大风大浪，只要能看见灯塔，就不会太迷茫。

所以如果遇到的压力和我追求的这三点价值相关，我就会更容易克服眼前的困难，把压力转化为实现价值的动力。

另外，把价值上升到更加宏观的层面，考虑你正在面对的压力事件从长远角度来看，对他人、对社会有什么样的帮助，也会让你的动力更加充足。

技巧5：降服思维定式犬

当压力出现的时候，我们的反应里会有很多下意识的思维定式，当驯服了这些思维定式的时候，压力也会随之减轻。

久世浩司把这些思维定式分成七种，称其为"思维定式犬"。我挑了四种我觉得最常见的思维定式犬：批评犬、放弃犬、忧虑犬、内疚犬。

批评犬就是遇到一些冲突压力的时候指责和批评他人，常见的想法是"都是他的错"。

放弃犬不用说，就是遇到压力就想"我不行"，我要放弃。

忧虑犬既不想放弃又难过，担心自己做不好。

内疚犬总是觉得自己之前做的事情是不对的，这样的心态可能会影响下一次的决策。

每一条狗狗都有不同的训练方式，每个人的方式也不同，你需要慢慢找到和自己的狗狗相处的方式，不喜欢的狗狗要找到办法驱逐它们，或者和它们和平相处。

拿我自己举例，我和久世浩司的狗狗一样都是批评犬，就是经常觉得别人是错的。每逢这个时候，我就会先让自己意识到自己的批评犬又出现了，我驯服它的招数有点奇怪，就是会让它倒过来批评。让我站在对方的立场上，然后批评我自己，批评了一会儿以后就会好很多。

拥抱方法2：培养自我效能感

很多压力的出现都是因为觉得自己无能力面对，当自己有能力的时候就不会发生压力了。所以我们要逐步培养起自我效能感。

这个办法非常有用。我阴差阳错地做过很多舒适区域以外的事情，所以我的自我效能感非常强。因为之前的经验而累积的这种"我可以做到一切"的感觉，让我面对新的压力时会感觉我一定能挺过去。

技巧1：目标拆分的实际体验

光觉得压力大而不去做，那么就永远也没有办法去解除这个压力。

如果觉得任务太艰巨，可以先把目标拆分成一小步一小步来做。再大再难的任务都可以拆分到自己能够下手的小步骤。

从容易的部分开始做，慢慢增强自己的自信心，就会发现原本感觉艰难的事情也没有这么难。压力就迎刃而解。

技巧2：范本示范

当自己还是不知道如何做的时候，可以找个能看得见的榜样，周围的同学、朋友，或者同事，竞争伙伴，或者自己的上司。看到别人成功的时候，自己的自信心也会得到提升。

技巧3：鼓励和积极氛围

和前面两者比，技巧3的作用虽然没有那么大，但是在一个有着鼓励行为和积极氛围的环境下，压力也会有相应地减少，这一条属于加分项。

拥抱方法3：和他人取得连接

刚才也说了在压力下，人们的亲社会本能会加强。这也是抗压的好办法。这里有三个技巧。

技巧1：抱团取暖

创投圈经常会说"寒冬来了抱团取暖"，不是没有道理的。我在创业过程中遇到瓶颈的时候往往会质疑自己的能力，但是通过和很多其他创业者进行交流，我发现他们也面临同样的问题，也有同样的压力。

这个时候就会觉得自己的压力一下子减轻了很多，也不再质疑自己，而能够坦然面对现实了。

技巧2：感恩的心

当压力太大的时候，你可以尝试给周围的一些人发送一些感谢的话。如果觉得不好意思，也可以静下来在纸上写你想感谢的人，并且写上为什么要感谢他。

这种感恩的情绪涌上来的时候，压力也会减轻很多。

比如，我压力大的时候就会特别感谢和我一起工作的同事，他们处理了很多棘手的问题，帮助整个公司一起往前飞奔。

看看他们，就会觉得自己一定有能力解决眼下的困难，压力也会减轻很多。

技巧3：帮助他人

你可能要说，我自己压力这么大怎么还有时间帮助他人？

这是一件很有意思的事情，当你开始帮助他人的时候，你的压力反而会减小，帮助他人的过程和结果会让你自己也取得成就感和效能感。

尤其是在一些压力事件中，你可以帮助到事件的直接相关者，转变对压力的态度，把这件事的目的换成帮助他人，而不仅仅是完成这件事，这样的思维模式会让你的压力转化为动力。

☆ 从压力中汲取智慧

说完了在压力中有哪些方式可以抗压，下面来说说压力事件过后，如何帮助你的大脑更好地从压力中汲取智慧。

有个专有名词叫PTG，Post Traumatic Growth，中文是"创后成长"，指的是很多人在遭遇挫折和创伤后获得自我成长的过程。

有一句很鸡汤但是非常真实的话，"一切杀不死你的都会让你变得更强大"，说的就是PTG。当你经历过压力和痛苦后，回顾之前的一切，你一定会发现自己变得更加强大了。

北卡罗来纳大学的理查德·泰代斯基博士发现经历过PTG的人会有五种变化：

对生命更加感激；

人际关系更加紧密；

更加深入理解自己的优势；

获得崭新的价值观；

身体和心灵意识的提升。

每次压力结束以后，你可以做三个反思总结，养成习惯以后，你经受的每一次压力都会带来一次成长。

思考1：你从这些经历中学习到了什么？

思考2：这些经历对你后来的人生起到了什么作用？

思考3：回顾自己的经历有没有发现一些共同点？

最后提醒大家，了解了这么多思维干预的方法，不做都是白搭。

如果你经常要承受很多压力，我建议你拿个小本子做一下压力管理，把上面的练习都放在本子里，记录下来。

动手去做，和压力做朋友。

年轻时最好的投资是什么？

因为很早就被灌输了"理财要趁早""理财很重要"这样的观念，所以从刚参加工作开始，我就很关心理财这件事——读了很多小白启蒙课、被推荐了各种理财产品、每天记账、画必要开销非必要开销饼图等等，我花了大量时间和精力想去搞明白那些烦琐的细节。

迟缓的我最终发现，对刚踏入社会拿着并不高的收入的年轻人来说，花了很多时间（更多的是精力）去做理财，得到的回报也就是一些小钱，这些钱连件好一些的大衣都买不了。

对于这样的情况，身边的理财专家会安慰你说："'聚沙成塔'

嘛，先从小钱开始理，理总比不理好。减少'非必要开支'，精打细算，总是好的。"

刚刚工作的孩子们为了省钱，会觉得房租是非必要开支，把房子租到离公司很远的地方，每天通勤的时间甚至会超过3小时。加个班，换车又折腾，回到家已经精疲力竭，周而复始，没有娱乐时间，更没有自我提升的时间。

由于地理位置遥远，赴约成本高，也很少进行社会交际。几年过去，可能房租确实可以省下一些，但能力没有太大提升，似乎仍然干着螺丝钉的活儿，也看不到前景在哪里。

你有没有想过，如果租个离公司近一点的房子，花钱买时间，然后把时间投资到能为你带来增值的工作学习中去会怎样呢？你可能存不下什么钱，但你其实用了最便宜的价格买来了最贵的东西——你个人价值的升值。

人类的流体智力在25岁左右达到巅峰状态，这时候的阅读速度、理解能力以及其他学习能力都是这一生中最好的。而此时如果你仍然是单身，那就更好不过，没有家务事需要分心，可以一心一意为自己增值。

除了房租，很多人为了多挣些钱，还会做一些和自我提升毫无关系的兼职，看似是挣钱了，其实只是在用你宝贵的时间换取一些微薄的钱而已。

拿我自己举个例子，我第二次跳槽的时候可以去一家加班很多的大公司，相比另一家比较轻松的小公司，一个月高出一千来块钱的薪水。

我选了那家小公司，因为这一千来块钱省下来的时间是非常多的。我用每天晚上的时间去学习别的东西，去健身、阅读、练英语。

也正因为有了晚上和周末多出的这些时间给自己充电，我为自己之后的职业发展打下了很好的基础，在之后短短四年的时间里，我的薪资不停地翻倍，直到现在自己创业，那时候看的管理和产品类的书也开始发挥后劲儿。

如果你知道你的能力依然有着很大的升值空间，你对你自己的期望也并不止步于当下，那么在这种工资相差不多却能拥有更多升值空间的情况下，你真的觉得多出的那一千块钱是赚到了吗？

正好前段时间和一个好友聊天说到女性婚后生育及看养孩子花费的精力和事业平衡问题，这个好友提到的她外婆的故事让我印象深刻。

外婆生了五个孩子，他们是工薪家庭，经济并不宽裕，很多像她一样的女人选择了全职在家带孩子。外公说："我现在的工资养得起你们几个，你在家看孩子吧。"但外婆却用自己的工资的一大部分雇了一个阿姨来看小孩，她自己仍然正常工作。

周围人都说她傻："你这样等于在替保姆工作啊，辛辛苦苦挣的钱都被保姆花了，这是何苦呢？"

她只说："还是有工作好吧，不管挣多少。"

就这样，外婆一边付着保姆的工资，一边工作，每天晚上回家还会自学英语，从一个普普通通的工人一路做到车间主任、厂长、局长。五个孩子也发展得很好。

她的很多老姐妹现在谈起她来的时候会说："哎呀，她不要太精哦，当年只出了个保姆钱，现在当了个局长的官。"

也许会有人说，照顾孩子更重要。这又是另一个误区，因为照顾孩子并不代表你就要做更多事情和花更多时间在孩子身上，并不代表这就是更好的照顾。父母自己的示范，言传身教，相比天天陪着孩子却使用了错误的教育方法，肯定要好得多。这也是个我们之前说的杠杆率的问题，很多人花了很多时间陪孩子教育孩子，最后结果可能并不尽如人意。

虽然并不是每一个人都有能力做到这样，也并不是每个人都想在事业上有所成就。但不可否认，除非你自己觉得自己没有更多努力空间了，自己的时间不值钱，否则，在年轻的时候花钱买时间可能是你最值得的一笔投资。因为等你年纪再大一些的时候，你的时间会比别人的更值钱，你再用时间换钱的时候，就可以换来当年的十倍、百倍，甚至成千上万倍。

至于具体如何平衡时间和金钱，那还要靠你自己掂量。

今年年初的时候去一家规模虽然做得不大但是已经小有成就的企业参观，看到一张没人坐的办公桌上散放着很多硬币，我说："这儿有好多钱呢，捡一下吧。"

创始人看了一眼说："不管它了，打扫卫生的阿姨来了让她们拿走吧。"

我打趣说："一分钱也是钱啊，聚沙成塔嘛。"

创始人说："时间也是。"

你以为你是合群，其实只是在被平庸同化

上个月有个姑娘在微信上问我：

"我在一个小城市的一所完全不知名的大学里读书，想申请国外的研究生。

"但周围的同学每天都逃课挂科，宿舍的其他女生除了谈恋爱吃火锅就是在宿舍看电视剧刷微博。我每次在宿舍复习托福的时候她们都会笑话我，说我们这么烂的大学还出什么国留什么学。

"我现在只好去自习室学习，但是这样一来和她们越来越远了，也没什么共同话题，这样是不是不太好？太不合群了？"

"不合群。"

应该有很多人有着或者曾经有过相同的困扰，并且不合群带来的压力可能会改变你的很多行为。

小到穿衣风格，大到事业发展。

记得还在上小学的时候，我老爸去意大利出差，给我买了一双手工小皮鞋。现在想起来，那双小皮鞋无论是款式、做工还是皮质都特别好。

我生长的地方是一个处于城乡接合部的国企大院，那时候不要说出国的人很少，连商场都没有，买衣服和鞋都是去农贸市场。

那段时间小女孩除了穿小白鞋以外，还流行着一种亮晶晶的粉色漆皮鞋，模仿成年人的鞋而设计的略圆的尖头，上面装饰着很多塑料珍珠，还有一点小跟，那时候谁穿着这种鞋，简直就是fashion icon（时尚偶像）了。

而我爸给我买的那双手工鞋，就是纯牛皮的，鞋底厚实又柔软，深褐色系带，有些棱角的圆鞋头，没有任何装饰。

我拿到那双鞋的时候特别开心，觉得它好看极了，而且那时候没有人穿过这种鞋，所以它有种别致的感觉。第二天我就高高兴兴穿着它上学去了。

结果到了学校，其他女生发现我穿的既不是小白鞋，也不是粉色漆皮鞋，而是一双她们从来没有见过的鞋子时，就忍不住开始吐槽：

"丑死啦，都不是漆皮的！"

"头好方啊，你爸买成男生穿的鞋了吧。"

随着班里的两个"意见领袖"的吐槽，其他女生也加入了笑话我鞋子的队伍里。

现在想来，她们其实没有恶意，也就是小孩子更喜欢夸张地表达自己，也更喜欢起哄。

但遭到嘲笑后，不管爸妈怎么劝，我死活再也不肯穿那双小皮鞋了，甚至连自己都觉得那双鞋丑丑的一点也不好看。

直到很多年以后开始流行Vintage（复古风），我才突然想起来自己小时候的那双手工小皮鞋，那样的款式和做工，可能很难再找到了，而我的脚也长到已经穿不下那双鞋了。

我认识的另一个姑娘也遇到过类似的情况，她却有着和我不同的解决办法，我也是最近才知道她的故事。

她生长的环境比我的更偏僻。读高中的时候，她偶然在旧书店看到了《西方哲学史》，出于好奇，顺手翻了一下，就被吸引住了，于是陷入了对哲学欲罢不能的喜爱中，用零花钱接二连三买了《苏格拉底的申辩》《谈谈方法》之类的书，课余的时候经常拿出来看。

"呦！你还看哲学哦，哲学家哦，啧啧啧……"

这是她一开始听到的最多的话，后来有人开始给她起外号叫"破拉图"。

她并没有像我一样被人笑话后就停止了，每次有人这么说的时候，她就嘻嘻地笑着说："对啊，就是哲学家呀，是不是很厉害呀，羡慕吗？"

然后依然在看她的书。

很快，别人也就不再嘲笑她了。虽然依然会被叫作"破拉图"，她也并不在意。

就像你们想的那样，她之后考上了一所著名院校的哲学专业，一路第一读下去，最后公派留学去读哲学博士了。

我相信按照她的性格，就算不一定会成为柏拉图，但她一定会在哲学领域上留下一些与众不同的东西，而不只是混混日子。

从众很容易，所以大部分人都是平庸的。

平庸没有错，但那可能并不是你想要的人生。

古文里也翻来覆去都是这个道理，学的时候背得很牢，遇到实际情况却又忘记了。

"道不同，不相为谋。"

如果觉得自己在某方面的成长速度已经超过周围的人，那就赶紧努力，换个环境，去找和自己志同道合的人才是解决这种"合群"问题的唯一办法。

以礼相待，客客气气，足够了。

"人各有志，不能强勉。"

自己喜欢什么，不必要非得"安利"给他人，也不要期望别人能够理解甚至喜欢。

你以为你在分享，别人觉得你在炫耀。

"燕雀安知鸿鹄之志！"

不管做什么，如果你坚信它是对的，是好的，就不用理会他人的嘲笑，不要轻易放弃，也用不着争辩什么。

你以为你是合群，其实只是在被平庸同化。

如何活成富有的人

　　如果你对"富人"的定义是财务自由，或者坐拥亿万家产，这篇文章对你并没有什么参考价值。因为这篇文章对富人的定义可能和你想象中不同。

　　我第一份正式的工作是在一家小公司做用户研究，月薪人民币3200元。到现在我仍然记得自己接到入职通知时开心的感觉，因为我从来没有想过，自己在没有任何专业背景仅靠自学心理学写了一些综述和统计报告的情况下就可以被人接收。但很多周围的人都对我表示惋惜，辛辛苦苦学的四年经济学不都白费了？

　　当时我许多大学同学的工资都在5000到6000元，听说做房地产销售有拿到8000元的。毕业那个月我还看到一则新闻说，某国内顶尖大学的一个女生月薪人民币15,000元却仍抱怨工资太低。但我却很开心，因为我做着自己喜欢的工作，而不是每天都坐在办公桌前等待漫长的一天结束。如果每个月用5000块来买每天8小时，不，应该是24小时的开心，我不知道还有什么比这个性价比更高的事情了。

后来，当逐渐做得得心应手，老板打算给我加薪的时候，我却有了别的想法，想转去做设计师。

引用我的男神克利夫·斯托尔在TED（英语中的缩写，即技术、娱乐、设计，为美国一家私有非营利机构，该机构以它组织的TED大会著称）说过的一段话：

"当你第一次做一件事情的时候，就像搞科研。第二次做这件事情，就像搞工程。第三次做，就像成了一个技师。我是一个科学家。当我在着手一件事情的时候，我已经开始想着下一件事情了。"

对于我要转行的决定，我当时的老板很惊讶，问道："你用户研究干得好好的干吗去转行做设计师啊？"我说："我觉得做设计师可以使我给产品带来的价值更大一些，但也不一定，因为我没有做过。"

于是我准备了大概两周的时间，搞了一个当时看上去挺不错但现在看起来很糟糕的作品集，兴高采烈地去找设计师的工作了。因为没有设计师工作经验，我的薪水依然维持在人民币3200元的水平。这时候我认识的大部分人的工资都至少已经涨了一次，跳槽的也大多是为了涨工资。

但是我感觉自己似乎比做第一份工作的时候更开心了，因为以前的很多想法现在都可以直接变成产品，我觉得自己的脑袋每天都在丁零当啷地冒着火花。在连摸都没有摸过智能手机的情况下，我居然靠着一份残缺不齐的安卓界面设计指南和一些网上截图，完成了两个手机应用的线框图文档。当时，就算有人拿每月10,000元的工资让我放弃当时的工作我也不愿意，因为我觉得没有什么比这份工作更开心更值得的了。

过了一段时间，我开始自我怀疑，觉得自己到底不是科班出身的，做设计时没有底气，对于某一个设计，有的时候并不知道为什么要这么做。然后我就申请了设计学的硕士，打算系统学习设计。离职的时候老板和我说，不管你跳槽去哪里，希望你可以继续做设计，我觉得你在这方面很有天分。

硕士毕业后，我的工资一次性翻了7倍。这个工资对当时和我一起读硕士的同学来说就是一个很普通的数字，因为他们普遍在本科毕业的时候就能拿到这个数目的工资了。但对我而言，这简直就是天文数字，为此我高兴了好久，觉得自己简直有花不完的钱。工作也棒极了，不再像前一份设计师工作一样画线框图文档，而是完全参与到了产品的每一个决策里；团队也是棒棒的，每天我都过得很开心。

好景不长，"下一件事"又开始在我心里挠痒痒。北京创业圈一直如火如荼，在被一个创业者拉进圈子以后，"设计"就又变成了"上一件事"。而"做自己的产品"就变成了"下一件事"。混圈子，参与朋友的项目，准备了一年半的时间，我终于跑出来了。做自己的产品就和游泳一样，不下水永远都学不会。当收入变成负数，每一次交房租我都会觉得钱包又变瘦了。

这时候我的同事们有些去了美国总部，有的去了欧洲的分公司，该升职的也都升职了，工资自然不用说，连雾霾都不用吸了。但我站在北京中关村创业街，吸着雾霾，看着IN NO WAY的牌子，觉得特别高兴。一个师兄见了我说："你看上去不像在创业啊，气色和精神头都很好嘛。"

虽然第一个项目在撑了半年后死掉了，第二个项目也还没有太多眉目，我依然每天都高高兴兴的，因为每天都能碰见不同的人，听到不同的信息，处理不同的事情，视野变得开阔了，每天都是一个全新的自己。我经常和别人说，创业的这大半年时间，是我到目前为止最穷也最开心的时候。如果有人拿每月100,000元的工资去买我当时的开心，我也不卖，我觉得没有什么比那种状态更值得的了。遇到一些创业者，他们的创业原因是"财务自由"。我一直觉得"财务自由"就是狡猾的人卖给愚蠢的人的信仰，当然你也可以说我吃不到葡萄说葡萄酸。

具体地观察一下，我们生活在一个由三类人组成的社会中：

看不到边际的愚蠢的人，他们一直在寻找一些人来告诉他们，他们应该思索、希望、购买以及信仰些什么。

然后是狡猾的人的圈子，他们告诉那些愚蠢的人，他们应该思索、希望、购买以及信仰些什么。

最后还存在着一些聪明的人，他们知道，什么对自己来说是正确的，并且将此付诸实践，而不去管别人是否喜欢。

——《聪明人的训练》

原本好好地靠着自己的主动收入过日子的幸福快乐的人，开始觉得没有被动收入就不能活了，看着张三李四阿猫阿狗炒炒股票玩玩期货都财务自由了，觉得财务自由才是健康的，财务不自由就是一种疾病。于是以前是拿钱换开心，现在为了财务自由就开始拿开心换钱，最后财务自由了也不见得多高兴（你病好了能高兴几天？）。最倒霉的是换了几十年还是没换到自由，反而把自己搞得越来越不开心。

我并没有资格和权力指责别人的价值观，只要你觉得你愿意为"财务自由"而失去一部分的个人自由或者开心，其实也没有什么不可以的。当然，如果你在追求财务自由的道路上特别开心那最好不过。

> 人是生而自由的，却无往不在枷锁之中。自以为是其他一切的主人的人，反而比其他一切更是奴隶。
>
> ——卢梭

有朋友问我，我的人生目标是什么，我说只要不死掉，不无聊就特别开心，就够了。

不管贫穷或富有，我都觉得自己很富有。不知道这算不算你们觉得的富人思维，反正我觉得算，我有的时候觉得自己可能是全世界最富有的人。

关于不停换工作会不会影响所谓的个人积累，我个人的情况是从未觉得有过影响，因为换工作的时候自己是有计划地而不是盲目地换。另外送给大家一段乔布斯的话，老掉牙了，但是很经典。

虽然你现在可能看不见未来，不知道你现在所拥有的、懂得的、了解的能带领你到什么样的境界；直到未来的某个时刻，当你蓦然回首时，你才能将所走过的路串起来，进而发现就是这些点点滴滴造就了你。因此你得相信这些即将来临的事物在更远的未来肯定会连在一起，你要有一定的信念：你的勇气、你的命运、你的生命、你的缘分。这份信念从没让我失望过，而这也就是让我与众不同的地方。

如果你出色地完成了某事，你该再去做其他的精彩的事情。不要沉迷于前一件事太久；想想接下来该做什么。

是否能成为墓地里最富有的人，对我而言无足轻重。重要的是，当我晚上睡觉时，我可以说：我们今天完成了一些美妙的事。

孤独是你最好的伙伴

曾有一年时间我与世隔绝。切断了电视、电话、网络和一切外界联系，住在祖母的旧屋里，每天除了看书，就是外出买菜回来烧饭。

一个月后，最初的自由新鲜劲儿过去，随之而来的是无聊和孤独。随着这种无聊和孤独感而来的是焦躁不安。两个月后，我终于打了一次电话给家人。啰啰唆唆唠唠叨叨地一说就是三个小时，挂了电话后我甚至都不记得自己说了些什么。打完电话的那晚，我觉得自己似乎把一年的话都说完了。我觉得很累，便躺在床上昏昏沉沉地睡了过去。

第三个月，大概是我已经逐渐习惯了这样的生活，这种无聊、孤独和焦虑感开始逐渐消退，取而代之的是对以前并未发现的一些事情所产生的乐趣。我的听力开始变得敏感，能感受到风吹在玻璃上的声音、鸟的翅膀在离房顶不远的地方扑棱的声音、水管里水流动的声音，以及自己平静的呼吸声。

米饭开始变得有味道了，再也不用就着味道浓重的酱汁才能下咽，每一口饭嚼起来都是甜的，每一颗米的形状都可以用舌尖感受得到。水也是一样。旧屋的水水质很差，喝之前需要沉淀很久。我会趴在水壶边看水中乳白色的沉淀物慢慢往底部移动。水慢慢变得通透和澄清，用勺子舀进碗里，喝的时候，觉得真的是在喝水，而不只是解渴。

这些看似无聊、无意义的、以前我从未关心过的日常小事，是一种无法在忙碌、拥挤和浮躁的状态下体会到的发自心底的幸福。在此之后的大半年里，我偶尔会给家里打个电话报个平安，但再也不会因为孤独而滔滔不绝。当时间就是用来浪费的，当每一秒都是在认真地"享受"和"过"，而不是在"赶"和"利用"，每天都过得平静而美好。

在带来的书快要看完的时候，我的与世隔绝的一年结束了。我开始重新和大家联系，打开电脑，打开手机。除了广告邮件，邮箱里最后一封邮件的时间停留在刚开始闭关后的一个月。短信和QQ上有两个好友在我闭关半年后给我留过言，留言内容是："你是不是把我拉黑了？"

而大部分人，其实并不知道你在他们的世界里已经消失了一年。当一年之后和他们说"你好啊，最近怎么样？"的时候，他们的回复依然会和平时一样："挺好的，呵呵，你呢？"这时候你才突然发现，自己原先重视的，别人对你的看法，以及你所重视的对于一些关系的维系是多么不重要。

当你不再对别人有着过高的期望，不再拿自己和别人比较而生活，不去在意别人说了些什么，不再愤世嫉俗时，会突然觉得，自己完整了。

也算是自由职业的好处之一吧，我现在还是会经常闭关，把自己清零。当发现自己陷入了日常的琐碎，容易被一些无谓的话语激怒，为一些丢失的关系所牵绊时，独处一段时间未必不是个好的解决方法。或许孤独并不是最好的朋友，而你确实不再需要假以社交来填补自己内心的空虚。

用《瓦尔登湖》里的两段话来作为结束语吧。

我发现，一天之中大部分时间独处，是有益于身心健康的。

有人做伴儿，就算是最好的伴儿，没多久也会感到厌倦、无聊。我爱独处。比孤独更好的伴儿，我从来还没有发现过。我们到了国外与人交往，大抵比待在自己家里更孤独。一个人在思考或者工作的时候，总是独个儿的，让他乐意在哪儿就在那儿。孤独不能用一个人跟他的同伴们隔开多少英里来衡量。在剑桥学院拥挤的小屋里，真正勤奋学习的学生就像在沙漠里的游方者一样孤独。

......

我们每日三餐会面时，只不过彼此之间重新尝尝我们固有的那种陈旧，发霉的奶酪味道。我们不得不同意这么一套规则，亦即所谓的礼仪和礼貌，务使这种经常的会晤彼此都能包涵，以免发生公开冲突。每天晚上，我们相聚在邮局、在交谊会、在篝火周围。我们住得太挤，互相干扰，彼此说话吞吞吐吐，我想，就这么着，我们相互失去了一些敬意。

Chapter

2

职场养成指南

在你没有明显专业竞争力的时候，你比别人拧螺丝钉拧得好，就有
更多资源和机会走向你。

看菜单与挑选合适的公司和岗位

　　如果你已经有明确的事业目标，也有自己特别想去的目标公司，那当然是非常好的。

　　但对大部分人来说，更多时候是并没有某个很喜欢的职业，自然也没有对某家公司的偏好。

　　这篇文章适合那些对于自己的职业规划没有明确目标，没有特别喜欢的公司或者强烈的意向，甚至不知道自己要什么的迷茫中的人。

☆菜无上品，适口为珍

纽约大学的心理学家将人的工作价值观分成三种。

第一种价值观是把工作当作工作（job）。有这样价值观的人，工作对于他们就是为了挣钱，生存下来，工作是为了生活得更好。拥有这种价值观的人是人群中的大多数。

他们会更在乎工资多少，对于福利啊、假期啊锱铢必较，不管做什么工作，一说到上班就不开心，最好没有上班这件事，天天躺在家里是最理想的生活。

第二种是把工作当作事业（career）。有这样价值观的人，工作不仅仅是为了挣钱，他们还会追求名誉和地位。拥有这部分价值观的人比拥有上面价值观的人少了很多。他们更在乎升职空间，加薪空间，对所做的事情本身并没有太多热爱。

第三种是把工作当作理想（calling）。有这样价值观的人，工作是为了实现一个更加宏观的目标，比如和团队一起做出一项创新，改变一个行业，改善人们的生活等，去实现自己的社会价值。

他们较少在乎眼前的利益，会用更长远的眼光看待事物，并且在工作上自驱力更强。只要给他们机会，他们就会尽力做到最好。

价值观不会一直不变。

有些人开始的时候是"工作"，当发现自己的工作可以做得很好之后，可能就会信心大增，对这一行业越发了解，能力也越发强大，也就越想在这一行业为社会做一些有意义的事情，最终，变成"为理想而工作"。

有些人抱着远大的理想，想改善一个行业，甚至改变世界，但是工作一段时间后发现工作里那些琐碎的细节是枯燥无趣的，靠自己微薄的力量去实现理想是多么遥不可及。"理想"被磨灭，最终也落入工作就是为了谋生的价值观里。

对于价值观不同的人，"好工作"的定义是完全不一样的。

家长眼中的好工作，就是如进机关、企事业单位、银行等，"稳定而多金"的工作；或者他们会告诉你哪家公司薪水高就去哪家，一定要去大公司，一定要去好行业，等等。

这些家长说的"好工作"通常都是基于第一种价值观的，即工作就是谋生而已。所以如果你拥有第一种价值观，那么确实可以按父母期望的那样找个"好工作"，只要工资尚可，工作不太辛苦就行。

如果你拥有第二种价值观，大公司和朝阳行业可能更适合你，层级多，升职空间大。即使在一家公司升职达到瓶颈，还可以靠跳槽去别的公司达到升职的目的。

但如果你拥有第三种价值观，这些工作就不一定适合你。而不适合你会导致两个问题：

①短期满足感过后的长期空虚感。

②无法发挥自身优势，成长通路被阻断。

如果你拥有第三种价值观，"好工作"的衡量标准在早期应该是成长性的，就是你能够凭借自己的优势在这个岗位上学到多少东西，同时创造出多少可见的价值。

按照这个标准，无论是在大公司还是小公司，都可能存在这样的岗位，不一定非要去大公司或者非要去创业公司，这就需要你按照下面的步骤自己去判断哪种工作更加适合你。

☆ 你想吃什么？

如果你去一家从来没有去过的国外的特色餐厅，这家餐厅的服务员不给你拿菜单，直接问你：想吃点什么？

估计你头脑一片空白。

这时候她把菜单拿来给你，上面没有图片，也没有对菜品的文字描述，只有你不太懂的菜名。

这时候你可以选择了，但是你心里是恐慌的，你不知道自己选的是否好吃，因为你根本就不知道这些菜到底是什么，是怎么做的，也就不知道自己喜不喜欢吃。

这时候如果服务员给你拿了照片，并且给你看了菜品说明，你应该就会更好选择了。如果有试吃，那就再好不过了。

为什么这么啰唆地说点菜这件事呢？

因为找工作和点菜很像，职位的名称就像是菜名，职位的具体岗位描述就像是菜品介绍，实习期或者试用期就像是试吃，而岗位要求就像是你要为这道菜付出的钱。

当你不知道都有哪些工作可找的时候，当然不知道该找什么工作。

所以我们要做的事情就是**看菜品、试吃、挣够菜金**。

☆ 看菜品

找菜单这个事情当然越早做越有益处。

我建议你拿一整天的时间出来做"找菜单"这件事。

菜品来源：家人的职业、师哥师姐的职业、招聘网站。把这些菜品都梳理出来，然后找到看上去你感兴趣的菜。

招聘网站看这四家就行了：拉勾网（互联网垂直细分）、智联招聘（行业最广）、猎聘网（中高端职位）、Linkedin（领英）（外企最多）。

以拉勾网为例，你会发现岗位都是分在大类下面的：技术、产品、设计、运营、市场与营销、职能。

技术下面有各种不同类型的程序员岗位，设计下面有UI设计、交互设计等，你需要把它们一个一个打开，看看它们有什么不同，各自的岗位描述是什么，岗位需求是什么。

你看的岗位越多，就越有可能找到自己喜欢的那道菜。

☆ 试吃

看够了菜单，筛选出一部分你喜欢吃的菜，这个时候就可以去试吃了。

试吃有免费试吃，也有付费试吃，付费试吃的效果当然更好。

这话怎么说呢？

免费试吃是门槛比较低的取得菜品信息的途径，不需要你做太多付出。

这时候你需要善用领英和脉脉这样的职业社交应用。可以查看已经申请过你想申请的岗位的人的简历是什么样子的，你离他们的距离还有多远。这也是一个菜品的价格，看看自己什么时候买得起，做些什么才能买得起。

在行App也非常有效，你可以在上面约到所感兴趣的领域的人，对他们做职业专访，不仅了解职业需要的技能，也可以了解到这个职业的真实工作内容，看看自己喜不喜欢，擅长不擅长。

付费的试吃，就是实习。

实习能够得到更多对这个职业的了解，看看自己对其是不是真的喜欢，能不能做。

实习是你整个职业生涯里需要花的菜金最少的，因为它的要求相对较低。

但是因为你是在和其他实习生竞争，你也需要有菜金才行。这个菜金就是你对于这份工作的胜任力。

你有什么能力可以胜任这份工作，在这个岗位上产生价值呢？

很多同学在投简历的时候可能对自己的水平在市场中的位置一无所知，盲目去投简历乱碰乱撞。

我接到过太多和我们的岗位需求相距甚远的简历。比如投的是新媒体运营的岗位，却对新媒体运营一无所知，

这就像你去了一家饭店，不看菜价就点菜一样。

不知道自己的能力处在什么位置，也就无从提升能力，无从提升能力就更无从找到一份自己喜欢的好工作。

无论是从我们自己招人还是别的公司招人的经验来看，大部分人，尤其是大部分应届毕业生的菜金都是不够的。

还有很多同学自信满满觉得自己特别有"潜力"，喜欢说"我相信我能做好这份工作"。

你自己相信是没有用的，面试官相信才有用。

面试官判断你有没有潜力就是靠你过去的经历，如果你过去的经历里什么都没有，潜力自然无从判断。

该怎么办呢？很简单，行动起来。

比如，看了菜单以后，对做产品感兴趣，就赶紧去学产品相关的内容，独立做一些产品原型；想做产品运营，就从运营一个贴吧或者自己的微信群开始；想做新媒体运营，就从运营自己的微信号开始。

持续的理论学习加实践，永远都是提高能力的最好路径。

你必须有之前的积累，哪怕再少，也比一张白纸要好。

☆挣够菜金

在整个看菜单和试吃的过程中，你都可以同时挣菜金，就是有针对性地提高自己在某个岗位上的能力。

不断练习，不断通过试吃来调整，最后就会找到适合自己的那道菜。

说来容易做来难，如果你脑海里对各种职业还没有概念，那么现在就从看菜单开始吧。

该不该把兴趣当作事业？

有人说兴趣和事业的关系像是烟和祷告的关系，说到祷告时能不能抽烟，大家觉得不能，而说抽烟时能不能祷告，大家则觉得可以。但我觉得可能"兴趣"和"事业"关系更像是"恋爱"和"婚姻"的关系。

☆初恋

有些兴趣你在年幼时为它疯狂过，但随着年龄增长，你们之间的鸿沟变大，你们天各一方，唯有怀念时会涌上淡淡的甜蜜和些许哀愁。

我上小学四年级的时候突然喜欢上了画漫画。每天上课的时候也在偷偷画，A4纸画了一叠又一叠。很多人夸我画得漫画像印刷出来的一样。我暗想："我长大后要做个漫画家。"

但随着年龄增大，生活里出现了其他的兴趣，在注意力被分散的情况下，漫画就成了那个被遗忘的初恋。我已经不知道自己上一次画画是在什么时候了，蘸水笔也早已经不知去向，但是每次和别人说起小时候的事情，总是会想起当年自己的画在班里被哄抢的情形。

"漫画家"三个字应该和我无缘了，但这成了一段很好的回忆。

☆前女友

有些兴趣像是和平分手的前女友，你爱过它，但最后它成了你的好朋友，在关键时刻能助你一臂之力。

我本科读的是经济学，但那时候特别喜欢英语。买了很多单词书天天背单词，坐在图书馆翻译自己喜欢的英文小说。后来，我让别人随便从这些单词书里面抽出单词考我，每个词我都能对答如流。

但不知为什么，英语对我的吸引力逐渐淡去了，背完了那么多单词书后，我已经没有了当初学英语的那种激情。毕业后我做了很短暂一段时间的英语老师，终究感到"这不是我要的职业"。

但我因为英语，得到了很多机会，在做自己想做的很多事情上少了一个障碍，比如，我可以自如进行对外工作，阅读英文资料，等等。

对于这一类兴趣，建议去试，即使最后不能在一起，也是一种成长。

☆苦恋

有些兴趣就像一个才华满腹却衣衫褴褛的恋人，你和她在一起的时候是如此为她的才华所折服，但不会把她作为谈婚论嫁时的人选。

作为庸庸碌碌的大多数，我们太容易被现实打败。只有那些真正深爱它的人才愿意无视其他条件，和它共度余生。

我连续考了两年的心理学研究生，都因政治分数没有达标而失败。可我因此找到了一份用户研究员的工作，并以此为原点开始了我正式的职业生涯。硕士毕业后，我仍然在考虑是否要去读一个心理学相关的博士。但我深知学术的辛苦，读博士并没多少奖学金，而且一读就是五年以上，博士毕业后很可能你大学同学的公司都上市了，而你的工资和本科应届毕业生也没太大差别。面对着一边马上就能到手的高薪岗位，另一边前途漫漫的学术之旅，我也不过是凡人，还是选择了工作。

我现在依然会阅读很多心理学方面的书籍和论文。因为我在等待那一天，等我不需要它养活我时，我去养它。

☆暗恋

有些兴趣谁都喜欢接触，却难以相处。就像一位校花，远观养眼，但要是想追到，则要费很大力气。

我一直以为我特别喜欢电影，但事实上我只是喜欢"看电影"而已，而谁又不喜欢看电影呢？坐在沙发上，拿包薯片，看就行了，不需要付出什么。娱乐，谁都喜欢，而做一个娱乐从业者，却非易事。

刚上高中的时候，我看了一些关于平行世界的书，便想入非非，觉得自己可以写出一个很好的电影剧本，关于一个人如何通过平行世界改变自己的人生轨迹的。我越想越激动，抓起笔就写故事大纲，写了好几遍。后来看到《蝴蝶效应》和《无名之人》的时候惊呆了，惊异于剧本比我沾沾自喜写出来的故事不知道强了多少倍，我竟然还会觉得自己"有潜力"。

大多数人对于"有潜力"的定义可能只是自己有一些"绝妙好主意"，却不知道这些"绝妙的好主意"有可能是许多人在许多年前就已经想过的。

看校花容易，追校花难，追到更难。你说你爱她，你真的了解她吗？你愿意为她付出吗？她华丽的外表，谁都愿意观赏，而观赏本身并没有任何代价。大多数人以为自己的兴趣和事业的关系是苦恋，但其实充其量只是暗恋而已。

对于这类兴趣，你想追就去追，给自己一个交代。

☆情人

有些兴趣就像情人，你无法投入你全部的精力去陪它，但你爱它，却除此之外给不了它更多。

我喜欢写小说，也发表过一些小说，但我的小说产量很低，质量也不稳定。我确实也想过做一个作家，但我也知道这养活不了我。全职作家还要考虑更多符合市场的内容而非个人偏好。我现在无非就是得空了写几篇，这样也不错。

这种兴趣，就像吃饱饭了喝杯酒，而酒却不能当饭吃。

☆ 到底要不要把"兴趣"当成"事业"呢?

极少有爱情可以永远保持最初的激情。没有谁规定一个兴趣要从一而终,每一个新的兴趣就像是一段新的恋情,你为之动心过,疯狂过。也有兴趣能一路相伴,就像从初恋到热恋到平静,相濡以沫,细水长流,陪伴终生。

终究明白了,什么是可遇不可求,什么是鱼和熊掌不可兼得,什么是"看上去很美"。顺其自然,不用强求。

这个问题很像:"我该不该和我女朋友结婚呢?"

我想只有你自己才知道。

十战九胜的面试终极指南

在开始阅读指南前，首先要明确一点，如果你肚里没货，能够通过面试就只能靠运气了，要么招聘方极度缺人，要么那天面试官吃错了药。

我们这里的面试指南并不是在你没有能力的情况下得到offer的奇技淫巧，而是让你能够在面试前挖掘出自己需要被面试官了解到的信息，并让信息充分表达的方法。

网络上流传了很多看似厉害但实则会对面试结果造成严重伤害的抖机灵似的奇技淫巧。比如，通过用专业名词来放大自己的能力，不懂的人可能"不明觉厉"，但是你要知道面试你的都是专业人士，肚里的货没几斤几两的活，问几句就露馅儿了。

脑子是个好东西，希望人人都有，勤练内功最重要。

☆ 面试到底面什么？

我问过不少快要毕业的大学生，他们理解的面试是什么，答案五花八门，但是通常是模糊的或者片面的，比如，看看面试者是否有能力，是否有潜力或者是否合适等，但是不知道"能力"或者"潜力"到底是什么，也不知道到底什么是"合适"。

如果我们把面试拆解开来，看到问题的本质，就知道面试该如何准备了。

首先来看一个核心概念：**面试是通过提问等方式了解你提供的信息，了解你对于某个岗位的"胜任力"有多少。**

我们把"胜任力"再拆分开来，可以分成六个方向。

- 一般智力
- 学习能力
- 知识经验
- 工作意愿
- 个性性格
- 价值观

每个公司、每个岗位、每个岗位的不同级别对于"胜任力"的需求都是不同的。公司当然想找一个六项全能的人，六项全都满分，但现实中肯定是不可能的，所以会有一些妥协和权重。

对应届毕业生而言，用人公司知道你知识经验不足，核心考察点在一般智力，同时兼顾学习能力、工作意愿和个性性格，有些公司也比较看重个人价值观是不是和公司价值观相符。

如果你的一般智力出色，又有知识经验，工作意愿强烈，性格和价值观过关，那么应该就能算是个优秀的候选人了。

而对已经有了几年工作经验的人来说，核心考察点在于知识经验，同时也会看重你的一般智力、工作意愿和其他一些方面。

有的时候你觉得你和同行水平差不多，其实只是你没有横向比较过。我们在面试的过程中经常会遇到工作年限差不多，做着类似的事情，但是水平差距很大的人。如何提升业务能力在这篇文章里不多说，我们会在之后谈起。

一般智力主要看你解决问题的能力。面试官出的问题可能是情景性问题，就是假设一种场景需要你解决，看看你的解决思路是怎样的；也可能是行为性问题，就是通过你之前的经验来看你做出过什么样的业绩，怎么做的，等等，以此来了解你如何解决过往的问题，从而判断你会如何解决将来的问题。

理论上说，一般智力不需要工作经验来体现，最纯的一般智力测验应当是和工作无关的智力测试题，类似于一些逻辑测试。但是现实中的面试，除了一些大型公司喜欢出一些智力测试题以外，大部分公司还是更看重结合具体事例表现出的智力。那么无疑，工作经验会增强你解决问题的能力，同一个人工作一两年以后再看当初零起点的自己，肯定是不一样的。

如果你面试的竞争对手在某个岗位上已经实习了很久，积累了相当多的经验，那么你不仅在知识经验上没有办法和他竞争，而且在问题解决方法上也很难与他竞争，除非你天生就非常聪明，或者对方真的很差劲。

如果你没有参加过任何实习，如果你现在还有时间，赶紧找个企业去你想做的岗位实习。如果没有时间了，那么你只能回想一下你之前解决过什么问题，找个解决方法很棒的案例。因为对于没有工作经验的面试者，面试问题可能会是"说一件你觉得自己做得最成功的事情"。

学习能力也是最被看重的，你可以准备一个案例，结合问题解决能力和学习能力一起来说。举个例子，我刚刚工作的时候，发现公司部门之间的会议很混乱，没有人主持会议，会议上经常发生争吵，吵完以后也没有决策，而且会议时间经常拖延。于是我自己查了会议管理的学习资料，学习怎么开好一个会，然后主动承担会议主持的工作，改进了具体的流程，之后公司开会的效率大大提高。

你所准备的一定得是个真实案例，不能瞎编。因为说到这里，话还是很空的，一个合格的面试官一定会继续追问你，问你是怎么改进的，所以这时候你如果没有干货的话就编不下去了。

除了上面这些核心看点，工作意愿也非常重要。一方面，在面试中面试官可能会问你是否了解他们企业，这时候你能够对答如流，会在动机方面有很大优势，尤其对创业公司而言。当遇到能力差不多的两个人难以抉择的时候，企业肯定会优先选择对加入企业意愿更强的那一个。

你能做的是：

（1）提高对应聘公司的了解。知名企业就不说了，大部分人多多少少都会了解一些，尤其是行业巨头，他们也不会太关心你对企业的了解程度。但如果申请的是中小型的企业，你需要尽可能提前了解关于这个企业的更多信息，知道他们的业务、行业地位、发展现状等。

（2）提高对岗位的了解。如果有了意愿岗位，就需要尽快多花时间去接触，实习当然是最好的办法。不能去大公司实习，就去小公司实习，实习最起码能看出你有在这个岗位工作的意愿。

（3）要从实习中汲取知识和经验。

了解的渠道多种多样，上网搜索、问周围和这个企业有关系的人都可以。

最后，性格和价值观没有好不好，只有合不合，是否适合这个岗位，是否适合这个公司。面试中只要做到礼貌，如实回答就行了，这两点短时间内很难改变，也很难在面试中掩盖过去。

总之，内功还是最重要的，至少现在你知道该从什么角度提升内功了。

☆ 面试的类型

说完了面试的内核，我们来说面试的形式。

面试大体上可以分为结构化面试和非结构化面试（漫谈法和无领导小组讨论）。大型企业最正规的面试方法基本上都是结构化情景面试。

结构化情景面试主要由下面四类问题构成。

- 背景性问题
- 行为性问题
- 情景性问题

● 工作知识性问题

背景性问题

背景性问题最简单，就是再次核实和细化一下你的简历。

主要问题有：你之前的工作经历是怎样的？为什么离开上一家公司？为什么想进入这家公司？未来的打算是怎样的？

这些问题没有什么难度，把原因想清楚，如实回答即可。注意不要出现数落上一家公司的不是，或者隐藏或编造自己经历的情况。

行为性问题

行为性问题就是通过让你描述自己过去工作或者生活中的某个具体情况来了解你的特质。它的基本假设是：一个人过去的行为可以预测这个人将来的行为。

比如，我们会经常问面试者最近看了什么书，如果他支支吾吾答不上来，就说明他没有阅读学习的习惯，从而可以推断他之后也不太可能会突然看书学习。

除了这种问题，更常见的是问你之前一些在简历里出现的业务问题，问题的结构是用STAR的结构来进行的。STAR代表Situation（背景）、Task（任务）、Action（行动）和Result（结果）。

比如，你在简历里写了你在某家互联网公司做内容运营，说你运营的时候每个月可以增加两万名新的关注者。

这个数据如果单独拿出来说是没有意义的，因为不同的平台，不同的环境背景，数据都是不一样的，哪些是外部原因造成的，哪些是你个人因素造成的，面试官会首先了解你业绩取得的背景（Situation），比如这个公众号在你运营之前的增长率是多少，用户基数是多少，有没有其他团队辅助等。

了解完背景，面试官就会详细了解你具体的工作任务（Task）。还是用运营来举例。运营有很多具体细分的工作，比如你之前的运营包括了约稿、策划和执行用户活动等等，你都需要详细地介绍一下。

除了了解你做过的事情，面试官还要了解你是怎么做的，也就是你的行动（Action）。你需要告诉对方你具体做这些Task的时候是怎么进行的，难点在哪里，是如何解决的，以及你的亮点在哪里，你做的运营好在哪里，等等。

很多面试者在这个环节做得很不好，总是想草率了事，面试官只好不停追问。如果能够很顺利很完整地分享一个案例，是个非常大的加分项。

最后肯定是要关注任务完成的结果（Result）。结果好不好，为什么好，为什么不好，需要有自己的反思，如果再做一遍会改进哪些地方，自己主动说也是个加分项。

同样，不要撒谎，撒谎很难看。即使没有一个很好的数据结果，合格的面试官也会从你如何处理任务的过程中发现你的优点。面试并不是绩效考核，不会过度唯结果论。

情景性问题

情景性问题是补充行为问题不足的，因为有一些场景你可能没有遇到过。

所以情景性问题就是虚拟一个场景，看你如何解决，怎么解决。

拿电商运营举例，可能的问题会有："夏天到了，我们需要做一期适合夏天的商品的团购，但是目前还没有确定选品，也没有有意向的供货方，你在这种情况下会怎么做？"

这种涉及业务的问题就非常需要业务经验了，没有业务经验就只能拼短时间内的问题解决思路。这就不是"如何回答好面试问题"这么单纯的一件事，而是你长时间积累的体现。

和专业相关性不强的问题可能会是："如果你和另一个部门的同事就一个问题发生了冲突，你想将价格定为100元，他想定为150元，你会怎么处理？"

这个也没有标准答案，就是看个人如何大开"脑洞"，各施所能了。

工作知识性问题

这个没什么好说的，基本上都是业务知识，程序员肯定是要靠编程，设计师要看你的作品集，运营会问你数据分析相关知识等。书本、他人经验、实习经验等都是获取工作知识的途径。

以上就是对结构化情景面试的揭秘。你知道了每一个问题的问法和目的，就可以提前准备好可能被问到的事情，这样就可以应对自如，不至于明明自己有货却临时想不出或者表达不透彻了。

大部分中小型私企都会采用非结构的漫谈法，但是面试问题其实和结构化情景面试的问题差不多，我们按照结构化情景面试来准备就好了，至于到场后问题顺序是怎样的并不是很重要。

☆特殊的面试

还有一些特殊的面试，网上有很多例子，这里就不一一细说了，只简单提一下。

压力面试

压力面试会挑一些让你难以回答的问题，并且面试官态度非常恶劣，让你觉得尴尬难堪，看在这种压力下你会有什么样的反应。面试官面试结束的时候会和你解释。

所以如果你看到一个态度非常不好的面试官的时候，多半是要接受压力面试，你千万要小心，不要因为压力过大而爆发或者失控，保持礼貌，回答好问题。

无领导小组讨论

无领导小组讨论是让一堆面试者讨论一个问题的面试方式，面试官会在旁边观察。陷阱就是很多人把这个当成了辩论赛，一旦开始讨论就咄咄逼人，好像不采用自己的方法就不行。

我们把无领导小组讨论分成四个角色，你在心里想好来挑一个角色就行了。

可以选择比较困难的领导角色，也就是会议主持人，宣布会议流程、规则，以及控制场面、记录结论，等等。

比较讨巧的是计时员，告诉大家你打算当计时员的角色，提醒每位参与者的发言时间，还有结束时间。

另外还有协调员，当争论不下的时候你可以出场救援，推进会议继续。

最后是总结者，可以准确地把会议结果总结下来，以简单报告的形式呈现，准确而不走样。

这四个不同的角色，你可以在其中选择最适合自己的那个。记得，如果你想好了，就可以先下手为强，一开始就宣布自己想担任哪种角色。

☆ 其他注意事项

除了上面说的那些，还有一些注意事项在这里提一下。

多看"面经"多练习

很多大公司都会有"面经"在网上，非常多，可以参考；也可以请参加过目标公司面试的往届的师兄师姐吃饭，让他们分享一下面试的细节。

总之如果你很想进某一家公司，要尽可能地去找各种渠道打听这家公司的面试题，主考官是谁。我通常在每次面试前都会"人肉"搜索一下主考官，看一下他的背景是怎样的，猜测他有什么偏好，对症下药。

服装

很多应届生面试时很容易不小心穿个保险推销员套装就出来了。除了咨询、投行、银行等行业以外，其实大部分公司面试都不需要穿正装。穿Business Casual（商务装）或者Smart Casual（休闲装）都可以。

另外要注意的是，穿你熟悉的衣服，或把新衣服穿几次。尽量不要穿刚买的衣服去面试。有些同学刚买了西服，崭新的是好事，但是你会发现他穿了以后就浑身不自在，好像不是在穿自己的衣服似的。

妆容

我自己觉得化妆不应该是所谓的女性面试的基本礼仪，如果是，那么男生也需要化妆。如果你来我们公司面试，完全可以不化妆。

但架不住大部分企业觉得这是基本礼仪，为了不坑你们，我还是得说一说。

最基础的一点，淡妆！淡妆！

不要贴两片比鞋刷还大的假睫毛还要外加超大直径灰色美瞳，记得你是去面试，不是去夜店。虽然这种低级错误出现的概率很少，但还是要提一下。

第二点就是不要出现粉色和大红色。大红色可以出去玩用，粉色会让你显得稚嫩不成熟，这两个颜色都尽量别在面试中出现。

第三点是注意细节。

我面试过很多粉底浮粉卡粉到我都想伸手帮她撸下来，还有色号太白就像掉进面粉缸不说，脸和脖子还不是一个色儿；睫毛刷好几层，一坨一坨弯弯曲曲的像苍蝇腿；口红边缘歪歪扭扭、脱色、嘴巴还起皮……这样化妆真的还不如不化。

我推荐打好底妆，再简单画个眼线、刷个睫毛，然后涂个豆沙色或者珊瑚色的口红就行了，不要搞得太复杂。尤其是如果你平时本来就不怎么化妆，突然化妆还会觉得别别扭扭的。如果化不好，真的不如不化。

皮肤太干，除了做好保湿以外，可以往正常的粉底液里加一滴护发精油解决粉底不服帖的问题。你会发现粉底突然就像丝绸一般顺滑了，而且保湿度也会提高。油性皮肤要在夏天打好散粉，别不小心脱妆了。

快到门口的时候记得拿镜子出来看看是不是脱妆了，补补妆。

礼仪

不要迟到！提前一点到。

就我们公司而言，如果你迟到了10分钟以上基本上就pass掉了，不管你有多优秀。如果连面试这么重要的事情都无法准时，以后在工作中也会出现类似的问题。

态度

大部分新人通常的毛病就是唯唯诺诺的，主要还是不自信。短时间解决这个是不可能的，想要提高自信，就是要多实习，和社会接触多一些，学生气就会少一些。

不过还有一些面试者初生牛犊不怕虎，不知道自己几斤几两，不仅能力不好，而且让人看着也很讨厌。所以也不要过度自信，觉得自己很厉害。

还有一些职场老油条就一副"我经验这么丰富，你们爱要不要，反正找我的人多了"的模样，这样也是不行的。

又或者面试者摆出一副去谁家闲聊的样子来，自来熟得不得了。或许有些独特的面试官会喜欢，但大部分面试官都会觉得这样的态度有问题。

行业很小，尊重面试，给自己留条后路。

好了，这些就是关于面试所有你应该知道的事情，下面我们来说说如何提升工作相关的综合技能。

工作两三年后，你悟出什么职场道理？

千万不要小看"拧螺丝钉"。

很多应届生刚进入职场，无论实习或是全职，别人问起来，就会说："唉，拧螺丝钉的工作呗，打打杂，不知道还要干到什么时候。""大材小用"或许是每个职场新人的心声。但真的是大材小用了吗？

来说两个例子。

第一个例子，司机。很多人会觉得，开车嘛，不需要什么技术含量，谁都会开。我也一直这样认为，直到我有次搬家换了班车线路。

这辆班车，在我坐车的两个月里剐蹭了两次，因为不及时检修而抛锚了两次，车门永远是坏的，关门要用手。即使这样也不修，每天上车大家不是喊空调温度高了就是空调温度低了，平均10分钟来一次急刹……每次发生这些事情的时候，班车司机总是骂骂咧咧，大意是倒了霉了之类的。他应该也并没有意识到这是自己的问题。

反观换路线之前的那位班车司机，我才意识到，他每次都会把空调调到合适的温度，然后自己走到车厢的最后去感觉一下温度。我坐了一年，他的车从来没有刮蹭过，没有抛锚过，没有迟到过。这种细节你是感受不到的，因为你觉得这是正常的。但维护这种"正常"是需要在每一个细节上都用心照顾到的。

当然，这也存在管理问题，如果有一系列规章制度手册的标准化班车服务可能会好一些。但从一个侧面可以看出来，在管理机制不健全的情况下，同样是拧螺丝钉，差别是很大的。这也是影响到以后工作的原因之一，为什么有些人可以从拧螺丝钉变为制定机制的人，而有些人则只能永远拧螺丝钉。

用打车软件也很能够体会到这种"拧螺丝钉"的巨大差别，有些司机永远找不到你在哪里，也不和你打电话确认地方，有些司机的车里散发着怪味，也有些司机会快速准确接到你，车里干净整齐，绕开拥堵路段，按时把你送到目的地。

第二个例子，"打杂"。今年夏天，一个叫刀刀的大二女孩来全职帮我们公司处理一些客服、打包、文章排版之类的杂事。她只待了一周，时间很短，但是给我的印象很深。

虽然是全场无客服，但是有一些必须由客服来处理的售前问题，比如填错地址了，或者别的一些问题都需要人来处理。刀刀自己用一张excel表格，把所有的问题都记录了下来，统计了一下问题的频率，然后把出现频率比较多的问题通过页面信息调整的方式解决掉了，就这样在一个上午的时间里就把后台咨询的问题降低了八成。

我之前也找过实习生来零散帮忙，他们基本上都是坐在电脑前，人问一句，答一句，没有人来的时候就看看微博。有的时候遇到挑剔的客户，可能还要吐槽两句。从没有人像刀刀这样做。

打包也是，刀刀是目前我遇到打包第二好的人（第一好的是我一个来帮忙的朋友）。打包看似是一项如此简单的工作，但量大的时候，差距就显现出来了。我之前帮一个做淘宝的朋友打过包，淘宝店一直做不大，也完全没有流程管理意识，打包就是随便打，速度又慢，错包率又高，还经常漏单。

通过那次帮忙打包的经历，我们参考了一些淘宝皇冠店的发货流程，如果严格执行的话，错包率和漏单率基本可以降到零。刀刀和我配合得很好，她在的时候我们的错包率和漏单率一直都是零。

我一直以为是这个流程好，结果却发现，再好的流程，也挡不住执行时候的失误，而这些失误千差万别，如果写在流程手册里，可能读都读不完。在刀刀离开以后，又有许多人来帮忙打包。

出现的事情有：有人在看完打包示范之后，依然拿反了打包器，打伤了自己的脸；有人比较麻利，打包速度非常快，觉得这个流程慢，打包到中途擅自更改了一些细节，导致那批货漏发了很多眉笔；有人拣货的时候总是看错编号；有人打着打着就犯糊涂，发生好几次封箱完毕才发现一个货还在拣货框里；有人封胶条的时候总是封不紧，开口处总是有一条大缝隙……

我自己也在反省，是流程的问题呢，还是人的问题？两者都有的情况下，我能做的，只有优化流程和找到更合适的人。

再说排版。可以发现，我们的排版越来越好了，这里面有一半是刀刀的功劳。开始我只是让她简单地把知乎上的文章复制粘贴到微信公众号里，而她却问我，可不可以改进一下排版。我说好啊，当然好。

然后，她给我发了几个其他排版比较好的公众号的样子，自己选取了一些比较好的排版方式融合了一下，排了一个版给我看，并且和我解释了为什么要这么排。

我不是很认同所谓"一屋不扫何以扫天下"这种强行捆绑，

能够扫天下的人必定是有着超越一般人的某些天赋，扫地和扫天下也是两种截然不同的能力。

然而必须承认的是，大部分人都是没有特别过人天赋的普通人，许多应届生毕业后是没有明显的专业竞争力的。而在你没有明显专业竞争力的时候，你比别人拧螺丝钉拧得好，就有更多资源和机会走向你。

也许你会说：给一样的工资为什么要做这么多？拧螺丝钉被人不屑是因为任务的绩效标准通常很低，比如车安全准时开到终点，比如回复解决顾客的疑问，人人都可以做到。而难的不在达成，难在"拧好"，在于"出色"。

因为在"拧螺丝钉"的过程中你可以看到一个人的思维模式，可以看到一个人的工作态度。也许刀刀目前没有工作经验，也没有什么专业上的优势，但是我相信任何一家她去实习的公司都会愿意把更多的机会留给她，去培养她。

在你抱怨"大材小用"的时候，不要小看"拧螺丝钉"，如果你还不能证明你能干拧螺丝钉以外的事情，请先拧好你自己的螺丝钉，才能够获得更多证明你有大用处的机会。

今天，你的螺丝钉拧得好吗？

标杆管理与职场晋级

很多同学很迷茫地问："不知道自己要干吗，没有目标怎么办？"

针对这个问题，我要和大家来说一下标杆管理法，不一定马上能解决问题，但是可以提供一个很好的参考思路。

标杆管理法（Benchmarking）是由美国施乐公司20多年前首创的，是现代企业管理活动中支持企业不断改进和获得竞争优势的最重要的管理方式之一。

"……是一种不断寻找和研究同行一流公司的最佳实践，并以此为基准与本企业进行比较、分析、判断，从而使自己企业得到不断改进，进入或赶超一流公司，创造优秀业绩的良性循环过程。"

原始的Benchmarking作为企业管理方法，从选择标杆到评审一共有12个步骤。我们换个思路，把企业用的这种管理方式简化后用到个人管理上，也同样适用。

☆第1步：选择一个好标杆

在企业管理上，管理的标杆可以分成5类。

但是在个人管理上，其实没必要分得那么细致，我们只需要找到一个非常具体的人作为短期标杆就可以了。

设立长期标杆非常困难，因为大部分人看不到那么遥远，谁知道10年后世界是什么样子呢。我10年前还在读大学呢，完全不知道自己现在会是这个样子。

但是找一个短期标杆是非常容易做到的。

前几天被王健林的1个亿小目标刷屏，我们认真地来看这个问题。大部分人选择王健林作为一个短期标杆肯定是不现实的，因为中间的差距太大了，并且时代、机遇等并不一样。

你设立的这个标杆必须是可行的，跳一跳就能够得到的。

比如，我自己在"护肤"这个方向上选择的标杆就是美国的宝拉·培冈。很多人对她应该不陌生，她算是美国护肤科普最有名的人。她是草根出身，最早是化妆品柜台的销售人员，后来凭着自己对护肤的信念和执着一路走到今天，书籍销量过亿，还有自己的知名护肤品牌宝拉珍选。

我如果在5年内可以做到她的70%，就可以给自己打个100分了。

如果饲主要成为宝拉妈，总共分几步？

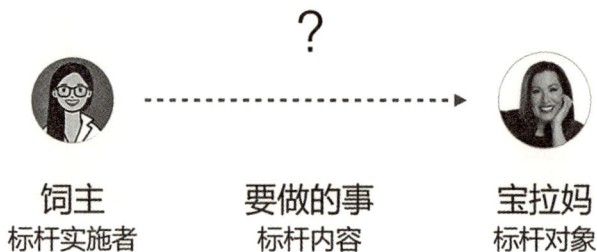

饲主	要做的事	宝拉妈
标杆实施者	标杆内容	标杆对象

标杆管理对我来说非常奏效，再给你们举几个例子。

记得15岁的时候，我第一篇小说发表在了《青年文学》上，高兴得不行。在此之前的3年时间，我都是在参照《青年文学》上的作者们写小说，希望有一天也可以像他们一样在《青年文学》上发表小说。

在学交互设计的时候，我并不是交互设计这个圈子里的人，但我经常看很多当时已经很有名的交互设计师的博客，我的标杆就是"5年后我也要成为和他们一样优秀的交互设计师"，后来我实现了这个目标，并且当时的那些标杆现在都成了和我关系很好的朋友。

我准备做自媒体的时候也一直在学习大号，标杆就是"一年后我也要成为这样的大号"，然后我这个目标也实现了。同样，那些当初我向其学习的大号也都成了我的朋友。

如果没有标杆，闷头前进，你就很难知道自己走到了哪一步，走错了哪一步。

现在想想你周围有谁值得你设置其为标杆的？

闭上眼睛想一想，你5年以后最理想的工作和生活状态是什么样的？你最不想成为的人是谁？你最想成为的人又是谁呢？

如果生活的圈子比较小，可以多看一些人物传记，多参加一切能和圈外人有接触的活动，不要自己干等着那个"标杆"出现。

☆第2步：找到你和标杆之间的"产出差距"

找到标杆只是第1步，第2步是找到你们的产出差距。

我们关注一下产出差距，就是看得见摸得到的个人产出。可以看到2年前的我什么都没有，从零开始。2年后我向前走了一小步，和宝拉妈更接近了一些。

2年前的饲主
没有任何文章的路人甲

现在的饲主
写了100多篇护肤文章
有了100多万读者

宝拉妈
出版了专业书籍
全球销量过亿
上电视做护肤节目
拥有自己的品牌

需要注意的是，产出需要有"量"也要有"质"。比如，前段时间有个很勤奋的男生跑来问我说他天天写公众号，为什么还是没有效果？

天天写公众号的人有很多，读者并不是关心你有没有天天写，而是关心你的每一篇文章能给读者提供什么价值。

如果自己不知道自己的质量如何，可以多找一些专业的人士看一下你的产出有什么问题，和你的标杆差距还有多大。

你能做的就是去了解你的标杆都做过什么事情，正在做什么事情，有哪些成就。

挖得越细越好，把时间先后顺序理出来。千万不要只看到人家几十年努力后的最终结果，然后就把这个最终结果作为"产出差距"，这样就和王健林说的1个亿小目标并没有什么差别。

☆第3步：找到你和标杆之间的"输入差距"

梳理完了产出差距，你并不可能马上开始做，你的标杆能做到而你目前不能做到的原因是你们有着很大的输入差距。

也就是你没有学到的东西，你的标杆先于你学到了。这个输入差距的意思就是要学什么。

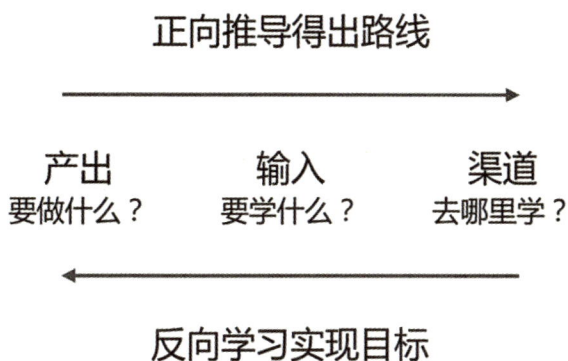

正向推导得出路线

→

产出	输入	渠道
要做什么？	要学什么？	去哪里学？

←

反向学习实现目标

比如，我知道宝拉妈的产出是专业的护肤内容。那么我的护肤知识可能是很局限并且没有那么专业的，要学的就是护肤相关的知识。行业经验我没有，那么可以先从理论知识开始，行业经验可以等理论知识完备以后再找专业人士请教。

我读交互设计前知道交互设计师的产出物是线框图，但不知道从不会画到能够画出线框图的过程中交互设计师需要学什么技能，于是就把招聘网站上能看到的所有大公司的岗位描述都读了一遍。

能够知道"要学什么"的途径很多。互联网这么方便，你们这么聪明，一定能找得到。

☆第 4 步：找到你和标杆之间的"渠道差距"

知道"学什么了"，但是"去哪儿学"呢？

毕业以后，我们大部分的时间都是在自学，如果有现成的培训课当然是最好的，但是如果没有的话，我们能做的就是下面三方面的信息学习。

索引信息	深度信息	实践信息

工作

兼职

 专业书籍 实习

参与者

一些专业文章

索引信息

索引信息比较短小，在行的一次行家课、知乎或者微信上的大部分文章都属于这种。

千万不要把这种信息当作速成的干货，并不可能！

索引信息的最大作用是"师父领进门"，给你一些具体的目标、框架，让之后自学干货时不会南辕北辙了，帮助你避开很多坑，给你指明方向。

我2016年开始用在行，我在在行上花了两万元，了解了市场营销、公关、校园推广、企业管理等很多领域的大体学习路径。

比如果壳的COO（首席运营官）姚笛老师就给我讲了管理的基本常识，我知道了什么是TOC（瓶颈理论），如何做目标计划、执行反馈等，知道自己该看一些什么书，平时该如何提高自己的管理水平。

深度信息

有师父领进门，更深入知道自己缺什么了以后，就可以按照师父的方法来进行学习。

专业的书籍和网络课程可以让你深入系统地进行学习，会让你短期内快速成长，如果你学好了这部分知识，并能够吃透，那么，这足够你踏入一个新领域的初级岗位了。

我以前没有做过公司管理工作，也没创过业，创业以后，大量公司管理和项目管理知识都是从书里学来的，有别的公司的知识，也有研究的理论，这给了我很大的帮助。

我没有学过市场营销，所以会看一些经典的营销学的书籍。

当然啦，进化论书架里化妆品专业的书籍，我也都在看。

对于前两种信息我非常看重，如果你只是一直在接受被动的信息，说明你没有持续学习的习惯，以后遇到新的问题，新的困难，很容易变得无所适从。

实践信息就是你在工作、实习、兼职中获得的一手信息，可以使你得到巩固，同时开始有阶段性产出，一步一步接近你的标杆。

比如进化论里的普普本来是一个学生物化工的纯直男，来进化论以后就一直在写文章，不断和我一起修改文章，我眼睁睁看着他的专业度一点点超过我（虽然还是写得有点让人看不懂……）。

值得注意的是，以上三种信息缺一不可，只关注一类信息很容易浅尝辄止，甚至南辕北辙。

比如有些人看看知乎，听两节行家课，就觉得自己学好了，其实只学了个"目录"。或者抱着学干货的心态去听"目录"，导致"目录"也没有学好。

有些人只看书，看的书有偏误也不知道，很容易就走偏了，或者只是纸上谈兵。如果你还在上学，我强烈推荐你每个寒暑假都找一份全职实习，这会让你有不一样的收获。

有些人只实践，成长速度就很慢，视野也会很狭窄，而且容易因为自己是"业内人士"而一叶障目并止步不前。职场上的大部分人可能都会忽略前两种信息，所以到了职业瓶颈就很尴尬。

任何时候都想想自己在这三种信息里缺乏哪一种，最好赶快行动起来。

☆第 5 步：开始做吧！

找到渠道，知道学什么了，那么就制订一下自己的学习计划，开始干吧！

开始朝着目标行动以后，要做的事情就是好好守住你的标杆，每做一点都要反思一下是不是离你的标杆更近了一些。

只有"守"，不断模仿，优化自己，才能最终变得和你的标杆一样，之后才能达到"破"和"离"的状态。

旋风式升职法

日本的福井克明写了一本书叫《"升职超人"教你旋风成长法则》。

这本书是我进入职场后的第一本职场启蒙书。书中的道理非常浅显，但是后来我发现大部分人对这些道理是没有意识的，或者有一些模糊的意识，却不知道怎么去做。

这是一篇把福井克明的理念和我的个人经验融会贯通后的相对精华的文章，希望可以对职场新人或是处于升职瓶颈期的人有所帮助。

☆ 机会留给什么样的人？

大部分情况下公司更愿意把机会留给自己人，而不是空降。但如果在等待期内没有人能够胜任，那么这个岗位便会更倾向于空降的人员。一旦空降人员到了，那么这个上升通路就又会被堵住很久。

不同公司，不同岗位，不同上级，任用标准肯定是不同的。

之前在面试的章节中也说了，判断一个人对于某工作的胜任能力，很大一部分因素是看他之前做过什么事情。

那么在你的上级做出谁升职这个决定之前，你所做的所有事情就都是他的判断依据。

可是相近的岗位，似乎大家都干得差不多呀，怎么和别人拉开差距呢？一个关键点在于上级布置的"新的重要任务"，你需要抓住这类机会。

这类机会的出现会有几种可能性。

第一种可能是"平移型任务"。因为你原业务做得不好，上级想看看你换个业务是否可以做好，如果还是做不好，大概你就需要卷铺盖走人了。那么这个机会对你来说是救命机会。

第二种可能是"晋级型任务"。因为你原业务做得非常好，上级觉得你可以做挑战性更大的任务了。这个机会对你来说就是通往上升螺旋的第一步。

第三种可能是"加分型任务"。这是一些非常有挑战且很有价值的任务，并不是为你量身定做的，但需要有人来完成。如果你可以高效压缩日常工作，那么就有精力来做加分型任务了。这类任务也是上升螺旋的一部分。

接到重要任务，并且能做得很好，甚至做到超出预期，那么就会持续接到更多重要任务，这些经验积攒得越多，你和同级别的人之间的差距也就会越拉越大。

重要的任务比别人做得多，升职的时候自然第一个会想到你。

大部分的上级很多时候是按一种非常模糊的直觉来分配任务，这就是基于在分配任务前他对你的了解，即你之前是如何做你分内的日常工作的。

不同的人做同一份看似简单的日常工作时，差距也是非常大的。

我们在拧螺丝钉的一章说过，即使是像拧螺丝钉这样的工作也是可以做出花样来的，所以不要总以工作没有挑战性所以做不出业绩为借口。更何况很多人连基础的工作都无法达标，就不要说做出花样来了。

总体上来说，在之前所做的事情中能够表现出精通业务，有责任心，有主动性，有领导力的人，更容易获得晋升的机会。

下面就来逐条拆解。

☆精通业务：超出预期

精通业务说来简单，但是实际上很难。

有一些可以直接测量业绩的工作，比如销售，比如操盘手，他们都有着明确的单一目标。

对于这一类有着明确绩效指标的工作，"精通业务"的定义就较为简单：把绩效标准放高，做到行业第一。

想一想你现在的工作能不能算是同行业里做得最好的？如果不算，那么同行业做得最好的是什么样的？为什么别人能做到而你做不到？

很多人碰到困难就后退，"不可能"和"做不到"这两个词立刻出现在脑海里，浅尝辄止。

这个世界本来就是平庸的人占多数，少部分人才能够获得晋升的机会，所以如果你想快速成长，就要把自己的绩效标准放高，去挑战那些自己原以为达不到的事情。

刚刚开始工作的时候，因为经验缺乏，可能会有很多事情考虑不周全，这时候上级会给你提一些优化意见也是非常正常的。

每当上级给你的工作提出优化建议或者新想法的时候，也就说明了你和上级之间的差距和你还没有做的地方，赶紧找个小本子记下来，反思一下：为什么自己想不到这样的优化建议，该如何解决？

如果已经工作了一两个月，仍然等着上级给你的日常工作提优化意见以便改善，就说明你的工作已经不能获得好评了。

但你仍然能看出来一些新人明显会考虑得比其他人更加周全，这也和个人特质及参加工作前的办事经验有关，很多周全的想法完全是一种经验积累达到一定程度后的直觉判断。

虽然缺乏经验，但是你可以让自己的直觉尽早变得敏锐起来。

你能做的第一件事就是"模仿顶尖水平"。

新人做的所有工作一定都是有样板的，公司内部也有，公司外部同行业也有。你需要大量收集"顶尖水平"的样板，搬来模仿。

比如，我刚刚做交互设计师的时候，为了画好文档，把网络上能够找的所有关于交互设计的文档都下载下来看，也问同事要了他们的文档看。

横向对比这些文档后，我就知道哪些文档画得好，哪些地方有问题，自己画的时候自然会融会贯通，不需要上级来指正你的文档有问题。

很多人就算模仿也是浅尝辄止，随便看两个案例就开始动手，这很容易造成偏误。看得越高，水平越高，这句话需要牢记在心。

垂直领域模仿得多了，就可以借鉴相关领域的，比如用做产品的思路来做新媒体，就会有不同感觉。这和做传统媒体的内容有着截然不同的体验。

但只有你模仿和训练的量达到一定程度了，才能够创新。

所以加油模仿，加油练习吧。

☆ 主动性：自己找活干

另一些工作，没有大幅度可以增长的目标，比如排版，或行政工作。从事这部分工作的大部分人都只满足于及格的成绩，完成工作就算是万事大吉。

但是，如果有百分之九十的人都能够百分之百完成某个工作，就说明这个工作本身并不是能够带来价值增值的任务。

如果你正在做这类工作，并且已经能够轻松掌握做到及格不出错并且提高了效率，那么下一步你需要知道如何超预期完成。

这两个问题每天都值得去思考。

思考的切入点有很多，比如，想一想工作中有哪些不尽如人意的地方？哪怕是再日常的工作，也会有不尽如人意的地方，你需要好好想一想。

再来说一说客服工作，上级对于客服的要求可能是：100%回复，单个回复速度在20秒以内，客户满意度95%以上，咨询后的下单率要达到60%以上等。

可能很多客服都能做到这些。

而实习生刀刀发现了一个不尽如人意的地方：

重复问同一个问题的人很多，反复回答一个问题浪费时间。

于是她把客服工作的一部分对于某种产品的常见问题放到了产品描述中，优化了工作流程，降低了客服的工作强度，这样就能节省很多时间和人力成本。

我们可以看到所有的淘宝店铺都在用这样的方法，但是这么做的店铺通常都可能是淘宝卖家自己想到的，而不是客服想到的。

为什么呢？

因为客服只知道客服工作，而不知道这个工作的根本目的是什么，被锁在自己的岗位范围内而跳不出来。

我们再来想一想，一家公司的根本目的是什么？

毫无疑问，公司的定义是以营利为目的的企业法人。

那么所有的工作就都是以"减少成本"和"增加收入"为目的的。所以对于工作的优化也是围绕这两个目的展开的。

刀刀优化了客服流程，减少了工作时间，提升了效率，就是降低了成本。

除了优化自己的工作流程，还可以优化工作成果，达到优化公司整体流程的效果，这也是减少时间浪费从而降低成本的好的切入口。

很多人完成工作就算工作结束了，交付了就算完了，想一想你工作成果的"使用者"和"使用场景"，就会发现还有很多工作可以做。

比如，刀刀在结束客服工作后会把所有的提问统计列表，有一些难回答的问题她会和我一起集中讨论。这些讨论结果最后变成了一本客服小手册，在她之后来的新客服也可以直接使用。

再比如，我做设计师的时候会在项目结束时写一封邮件给我的老板和项目经理，总结一下整个项目过程中出现的问题，以及我能想到的对策，以便下一次项目使用。

可以优化的方面还有很多很多，都靠你在自己工作时有心发掘各种"不方便"和"可以更好"的地方。

另外，"在提问前先想好自己的解决方案"应该是职场新人需要知道的常识。

我们来看看以下几种类型的人：

①发现不了问题。

②发现了问题不会解决，把问题丢给上级。

③发现了问题一声不响就解决了，上级完全不知情。

④发现了问题有了解决方案，和上级商量批准后实施。

如果你们自己带人，会更喜欢哪一种类型的人呢？

第一种人是很难被提升的那类人，只会闷头做手上的工作。

第二种人虽然能发现问题也很好，但是会有些招人烦。

第三种人很危险，因为你不知道他会做出些什么事情来，未免有些自说自话了。

相信大部分人都会喜欢第四种人，既省心又放心。

如果你能越多地解决或者优化目前手头工作中的问题，成长就会越快，离目标就会更进一步。

需要经常反思：我现在的工作中还有哪些地方可以去优化？团队总体的工作成果还有哪些地方可以改进但是却没人做的？

☆领导力：纵横沟通

很多职场新人有个非常大的问题：不会主动沟通。大部分人总是等着上级来找，而不是主动去找上级。

主动发起讨论会议，主动发邮件询问，主动汇报工作进度，这些都是好习惯。

不要等着上级问你："××事情进展得怎么样啦？"或者吃惊地说："这事儿我怎么不知道？"

这些都说明你的沟通工作没有做到位。

纵横沟通，纵指的是上下级之间，横指的是平级之间，这两种沟通都能游刃有余，并且大家都认为和你工作起来很顺畅，这就是沟通的目的。

如果经常提到"我以为"，就说明你自己的主动沟通工作没有做好。

千万不要在出错的时候说"我以为"，因为工作是不可以用"以为"来执行的，而是应该基于事实来执行。

沟通的本质就是解决信息不对称带来的很多问题。

比如上下游环节中沟通不顺，不仅会浪费时间，更可能会出现很多风险。最糟糕的情况就是一件事谁也不知道，互相推诿。

有些项目会有项目经理，但是没有项目经理或者项目经理没有做到完美的情况下，你大可挑起协调项目的工作，不要怕麻烦，把各项工作对接到位，同事也会觉得省心，上级也会看在眼里。

你和上级之间的信息不对称在于你看不到上级知道的更宏观的信息，导致你会做出一些错误判断，而上级看不到你知道的更微观的信息，导致他会做出一些错误判断。

你需要和上级主动沟通的是他的想法和你掌握的信息，信息全面了，才能有更佳的决策和问题解决方法。

举个例子，如果你是一个广告销售新人，可能会默认销售业绩是根本，于是多多益善，什么广告都接，而你的上级可能会认为需要筛选优质广告，保证品牌形象。

这时候如果你不提前和他沟通，就容易吃力不讨好。

很多时候不能够明确测量的一些东西都是需要经过不断讨论才能够产生一个共识的标准的，所以沟通是非常关键的。

沟通是个大学问，这一章节点到为止，具体如何沟通，我们会在后面详细来说。

最后总结一下，想要升职，做好三点：

精通业务，主动出击，纵横沟通。

Chapter

3

身体养成指南

年轻和美丽一定会逝去，爱情也可能会枯萎，钱总会花完，而你的
身体和你的心灵，却是唯一陪你到老的最重要的东西。

● 25 岁前你该知道的事

离18岁一转眼就已经过去10年多，我已经快30岁了。

想想这10年，觉得自己成长了许多，没有了20岁出头的青涩，但还没有30多岁的成熟。忽然觉得25岁左右的几年真的非常关键，有一些事情做错了，可能就真的回不去了。

25岁是一个心理、生理的分割线。身体和大脑的各项机能在25岁左右达到顶峰，之后将会慢慢衰退。你会发现你的皮肤越来越差，体力越来越不好，头脑越来越慢，年轻人的世界好像离你遥远了很多。

我也说过做进化论的初心之一就是能够帮助一些爱自己的姑

娘免于走一些不可挽回的弯路。趁这个时间点，把零零散散的这些经验整理出来，希望这些个人经验可以帮助到25岁以前的你，也对25岁以后的你有所启发。

我们从健康这个话题说起。

"什么都没有健康重要。"这句话人人都知道，但就是不重视。我十几二十岁刚出头的时候，也很反感我妈整天叮嘱我要注意身体，觉得自己又不是老年人，活蹦乱跳的能有什么事儿。

我是真的不知道日积月累的不良习惯会造成多大的不可逆的身体损伤。很多健康问题原本是能通过预防就能避免的，但就是因为不注意，最终酿成了让人后悔的疾病。

☆重视妇科检查和两性常识

我经常会上一些女性论坛看看大家都在聊些什么。有一次在某个论坛里看到一个女生无助的求助帖，大意是这样：我今年大二，谈了一个男朋友是初恋。谈了几个月他带我去开房，问了我月经时间，说我是安全期没关系。我也知道要戴安全套，但是他说不射到里面没关系的。结果后来我就怀孕了，做了药流，结果没有成功，只流血，没有排出胎儿，还需要做清宫手术，现在我很害怕去医院，怕被家人知道，但是好像感染了，痛得差点昏过去，我该怎么办？

像这样的求助帖还有很多很多。

因为文化原因，我们羞于谈性，从正规渠道无法取得完整和科学的性知识，不出事也很少有人会去网上进行自学。更多的性知识可能来源于毛片儿。这造成的最严重的后果就是大众的"性无知"和"性偏见"。

很多女生可能都不知道"安全期不安全"和"不内射也可能会怀孕"这样的常识，最终伤害到自己的身体。甚至很多女生都不知道药物流产和人工流产会对身体造成多大的损伤！

不仅缺乏有关两性的基本知识，很多女生还羞于去做妇科检查，就算有明显的身体异常了也忍着不去，或者瞎吃药，甚至咨询"网络医生"。每次听到这类事情我总是觉得，太——生——气——啦！

和口腔检查一样，每年也必须去做妇科检查，如果平时发觉身体有异样，也需要及时去医院检查。

爱自己，请你对自己的身体负责，请你对你未来孩子母亲的身体负责。

☆ 重视口腔健康

我自以为是一个已经非常重视口腔健康的人。我每年都要去检查牙齿，洗牙、补牙，一直用声波牙刷，并且用细齿洁补充配合清理一些声波牙刷扫不到的地方，饭后用牙线……

我牙龈健康，从来不会发炎也不会出血，牙齿整齐白净，见到我的很多人都会说："你牙真好！"

但前段时间去洗牙的时候，医生突然问我："你是不是总是刷不到最后一颗牙？"

嗯？我一愣："你怎么知道的？"

医生拿了个镜子给我看："你自己看你上面最后那颗大牙，都变黑啦。"

连我这样如此注意口腔健康的人都会有这样的问题，就不要说其他很多姑娘了——整天买些昂贵的瓶瓶罐罐，但牙龈出血，一张嘴一口坑坑洼洼的大黄牙。

牙口好，胃口就好，胃口好，身体就好。

真的是这样，不要小看口腔护理，仅仅是学会正确刷牙和日常护理，每年去看一次牙医，检查一下牙齿，该补补，该洗洗，该治疗就治疗，该预防就预防，你获得的不仅仅是一口好牙，还会避免很多疾病。

☆科学理性护肤

又说到这个年年说月月说的话题了。对于"科学理性护肤"的定义，我简要地说几条。

（1）无论你皮肤如何，防晒最重要，能打伞打伞，能戴墨镜戴墨镜。色斑、肤色不均、皱纹会导致大部分皮肤问题。

（2）问题型皮肤靠护肤品很难见效，如严重的痘痘、粉刺、闭口、红血丝、黑眼圈。不要再问我满脸痘痘用什么护肤品了，三个字：看医生。

（3）想要效果特别明显，请出门左转去正规医院找医学美容科，不要再问："什么祛斑精华液能去掉斑？"护肤品不是万能的。

（4）根据自己的目的去购买产品，而不是没有目的盲目"护理"。皮肤干燥请购买保湿产品，肤色不均、皮肤粗糙购买角质调理产品……产品使用和年龄无关，只和你的皮肤状况及你的需求有关。

降低自己的期望值。有些问题就是没救了，但是广告商不会告诉你没救了，比如，很多痘痘连医生都没辙，只能等着青春期过去自行消退；黑眼圈做医美手术也只能维持一段时间，并不会永久消失。还指望着用护肤品完全解决皮肤问题吗？

☆ 重视情绪心理管理

和身体健康一样，对于心理健康的看法，很多人也都知道"很重要"，但其实根本就不重视。我知道很多明显有着抑郁症的女生，甚至她们都知道自己有抑郁症，依然不愿意去做心理咨询。

对于心理咨询的误解，随着时代的进步现在逐渐没那么严重了，但是大部分人仍然不能够接受心理治疗，觉得只有"精神病"才需要心理治疗。

但其实心理治疗并不像大家想象中那么可怕。和男朋友闹别扭、工作上不顺心，这些看似日常的小事，都可以去找专业的心理咨询师进行咨询。

我周围有很多朋友都接受过心理咨询，很多都是换了好几个心理咨询师以后才找到适合自己的。因为每个心理咨询师的治疗方法都是不一样的，所以必须去了解和尝试。

除了心理咨询以外，多读读好书，培养一些自己感兴趣的业余爱好也是非常不错的选择，可能它们会是你在空虚和迷茫的时候最好的伙伴。我也曾经在知乎上写过如何经历从抑郁症到康复的整个过程，在没有药物和心理咨询的状态下，我就是靠着书和自我调理康复的。

所以如果你没有严重的抑郁症，实在不想去做心理咨询，那么就去选择一些能够让你开心起来的书和爱好吧。

1 个月减了 30 斤，我的人生发生了什么变化？

两年前我在知乎上写了一篇关于减肥的文章，很多人因此关注了我，我也在那篇文章里简要地说过这件事给我带来的影响。

但是后来我发现，当初自己只是简单地说了几句，并没有能够让更多的人认识到问题的重要性，所以下面，我会把这件事前因后果详细地说一下。

☆ 减肥的原因

高三上半学期，我失恋了，我的初恋男友和我说分手，把我送给他的所有东西都装在了一个盒子里还给了我。

分手的时候是12月。

我仍然清晰地记得，分手那周的一天，我很晚才去山顶上的食堂吃晚饭，吃完饭以后突然就下起了大雨。

我一个人，没有带伞，路上已经没有人了。我只能淋着雨顺着山路往山下走。

转过弯的时候，看见前面一个熟悉的身影，和一个女生共打一把伞走在一起。

那条路很窄，我不愿意走到他们前面让他们看到那样狼狈的我，所以只能走在后面默默地跟着，看着他们在伞下紧紧地靠在一起。

我在大雨里终于忍不住哭了起来。

雨太大了，雨声掩盖住了我的哭声，雨水和我的泪水混在一起，顺着下巴砸到地上。

那天，那条山路格外漫长，仿佛永远都走不完似的。

晚自习我发烧了，昏昏沉沉趴在课桌上。

接着，我从别人嘴里听到了我初恋男友说我的一句话。

"你看她那个样子，又胖又丑。"

☆黑暗的开始

这句话对当时刚过完16岁生日的我来说简直像是当头一棒。

在那以前，我从来没有觉得自己胖过。

而这句话，就像一个开关，打开了一顶刺眼的聚光灯。

从那时起，每天站到镜子前，看着镜子中的自己时，我都觉得自己胖极了丑极了。

焦虑笼罩了我，于是我开始了疯狂的节食。

午饭不吃米饭，不吃肉，食堂的青菜汤喝到饱，唯一能让我有饱腹感的是汤里的那几根青菜。晚饭几乎不吃。

买了番泻叶，晚上喝了第二天就会拉肚子拉到站都站不起来。

那时候我精神状态非常不好，整晚整晚失眠，每天都浑浑噩噩的。

现在回想起来，我居然没有死，也是个奇迹。

一个月后，我有气无力地站到体重秤上的时候，发现自己已经从120斤暴跌到了90多斤。

无知的我并不知道，之后等待我的会是什么事情。

当时只顾着欣喜，觉得终于通过"努力"让自己"变得更好了"，以后再也不会有人说我又胖又丑了。

☆我变得更好了吗？

体重还在继续下滑。

我亏待了自己的身体，我的身体就像报复一般一个一个还回来。

疾病，开始一个接一个蜂拥而至。

先是厌食症。

进入大学，我担心体重会回弹，仍然不吃米饭，依然会减少晚饭，只吃一两口就不吃了。

而饥饿感和精神压力却让我在偶尔的聚餐时会吃到胃快要爆掉，有时会连续吃好几袋薯片和巧克力，然后罪恶感又会让我在接下来的几天不吃晚饭。

接着是浅表性胃炎。抽屉里永远都有香砂养胃丸和三九胃泰。胃疼起来就想吐，我甚至还有变态的想法，觉得这样吐还可以帮助维持体重。

再接着是月经不调。我完全不知道月经什么时候会来，有的时候干脆就不来了，有的时候一个月来两次。

最后我得了躁郁症。情绪起伏非常剧烈，异常敏感，一点点小事就会火冒三丈，晚上依然经常整夜整夜睡不着。

大二，最瘦的时候只有70多斤，整个人看起来像一具骷髅，面色蜡黄，活脱脱一个营养不良的难民。

但就算如此，我还是觉得自己需要减肥。

我的大腿肌肉很多，但是我不知道那是正常的肌肉，以为那是"多余的脂肪"，觉得再减一点腿就会瘦一些。

当宿管阿姨心疼地说"这孩子怎么瘦成这样了"的时候，我觉得很开心，觉得这才是自己想要的效果。

现在回想起来，我真的特别想给那时候的自己一个巴掌，冲她吼：

"你醒醒吧！你这个傻瓜！"

所以每当我收到私信问我怎样短时间内就可以快速减肥，并且还特意说"什么都愿意做"的小女生的时候，我都特别想隔着屏幕揪住她的领子大巴掌抽醒她。

☆你真的需要减肥吗？

在我被说"又胖又丑"的那年，我身高160，体重120。

在不少人眼里，我可能是"微胖"，因为我不像杂志照片上那些身材苗条的花季少女，我看起来圆乎乎的，还有点木讷。

但从健康角度来说，当时的我并没有超重。

那时候，我的身体非常健康，饮食也很正常，和大家一样吃着食堂里的二两米饭一荤一素一碗汤，经常运动，喜欢打篮球。

我胖的"元凶"，那些我认为不该存在的脂肪，是一个刚发育完全，雌激素分泌正常的青春期女孩正常会有的脂肪。

那就是我那个年龄，我自己正常的体重。

我曾经遇到过很多女孩，体脂率都已经低到20了，再往下就是偏瘦了，居然还嫌自己的体脂率高，还在节食。

整天嚷嚷着要减肥的姑娘，大部分都是没有超重的健康体型。

前两天我在我们的一个聊天群里还碰到一个女生说女生23%的体脂率是微胖，而事实上，23%的体脂率已经是一个正常体脂范围内偏低的值了。

20多岁的女生，体脂率20%—30%都是在正常范围内的。

当体脂率低于20%时，和体脂率过高一样会对身体健康造成影响。

体脂率过低会影响脂溶性维生素的吸收，比如维生素E。并且还会影响女生正常的生理周期，会造成闭经，使卵巢萎缩，甚至造成不孕不育。

过低的体脂率无法供给人体日常活动时的能量，会损害人体组织，引起各种各样的疾病。

很多女生对于身材的认知有着两个误区。

第一个误区，是觉得30%的体脂率是偏胖，甚至觉得25%的体脂率是偏胖，觉得15%的体脂率才是"好身材"。

第二个误区，是明明自己是20%—30%的体脂，但是总觉得自己的体脂像是35%以上的。看别人都不胖，就觉得自己胖。

这种认知很多时候都是社会文化造成的。

我们之前有个实习生就觉得自己体脂率很高，结果测出来只有20%。

所以我强烈建议在你决定减肥前，一定要去测测自己的体脂率，很可能你并没有你想象得那么胖。

☆ 到底为什么要减肥？

看到这里的时候，可能很多人会说："可我是真胖啊，胖不健康啊。"

请记住一句话：

外貌，最重要的功能，是身体健康的晴雨表，但晴雨表指数仅仅是个指数。

比如，如果一个人胖，很可能是因为内分泌失调，或者长期有着不良饮食习惯，或者长期不运动等，这些问题会导致其他身体疾病。

而外貌是一个晴雨表，肥胖只是一种"你可能有健康风险"的信号。

所以当我们以保持健康的心态去看待"减肥"时，应该是说，因为肥胖是一种不健康的信号，我们需要知道自己到底有什么地方做错了，以便改正过来预防疾病发生。通过这些行动，纠正肥胖，让身体朝着好的方向发展。

身材匀称并不是目的，而是健康的结果。

而如果本末倒置，并没有去改变可能影响健康的行为，而只是为了减少脂肪改变体形，会做出有损健康的事情。

我们的身体里，像这样的晴雨表还有很多。

除了肥胖这种信号以外，皮肤变黑也是一种信号，意味着你的皮肤接受了过多日晒，提高了患皮肤癌的风险，需要做好防晒，只用美白精华并不能降低日晒带来的皮肤风险。但是天生肤色较黑就不是一种值得关注的健康信号，为此苦恼更是没有必要。

还有很多人体态不好看，这可能是一种你姿势不正确或者局部肌肉不发达的信号，意味着你再保持这样的姿势下去可能会导致腰肌劳损等健康问题。

很多人只知道"肥胖不健康"，却并不知道肥胖的人不一定不健康，而看上去瘦的人却不一定健康。

有一种健康，叫你只是看上去很健康。

比如，一些外表并不胖的人，因为不注意饮食，久坐不动，内脏脂肪却很高，甚至比肥胖的人还高。他们会因为自己外表看起来不胖，反而更不注意自己的生活习惯。

而一些天生就脂肪较多的人，可能作息运动饮食都很规律，身体也没有什么问题。

再比如，像我一样猛烈减肥的，即使没有过瘦，到了大家认为"正常"的体脂率，可能看起来身材要比"微胖"的时候好，但其实健康已经全毁了，完全不如当年那个圆乎乎的我。

所以说，为了外貌好看而损害了健康，就像是让晴雨表看上去是晴天，而其实真正的天气早已倾盆大雨雷电交加。

真的是本末倒置了。

☆我关注什么？

经过了这件事，我的人生确实发生了改变。

最大的改变可能是心理认知上的。

以前无论我多瘦，看到镜子里的自己总是觉得不是这里胖就是那里胖，觉得腿上太多肌肉好难看。

在抑郁症康复的时候，我读了很多心理学方面的书，读了很多关于自我认知和社会认知的书籍。

慢慢我知道了自己那些偏执的情绪是从哪里来的，那些错误的认知是从哪里来的。

直到做女神进化论的这一年，我仍在不断地反思。

当再看到镜子里的自己时，我看到的不是大粗腿，而是肌肉量充足的健康的腿，我看到的不是我的脂肪还有那么多，而是正常的脂肪含量，均匀地覆盖在肌肉上，保护着我的身体。

一些教人如何变美的博主总会说"自己长得丑还说要审美多样化就是自欺欺人，就是在灌鸡汤"，鼓励大家按照某个特定的美学标准去"努力改变自己"。

但是，如果你问她，这种标准是怎么来的？这种标准的存在到底合理吗？这个标准对个人、对整个社会的积极意义到底在哪里？它能让大多数人变得更加健康快乐自信吗？

她可能说不上来。

首先必须承认，社会大众的审美标准是客观存在的。

一部分审美是不同地区，不同时代的社会背景决定的。比如，文艺复兴时期和中国的唐朝都是以胖为美，而20世纪90年代的欧美以极瘦为美。这些都是由当时的经济环境和文化环境决定的，并不是颠扑不破的真理。

为了养育出更健康的下一代，我们的基因会对外貌有要求，比如，年轻的女孩更容易生出健康的宝宝，所以当脸上有皱纹的时候会感觉自己不那么"美"了。

再比如，脸部不对称可能意味着某些疾病，可能是有寄生虫或者别的疾病，所以大家偏爱对称的脸部。

结合社会环境，就会出现不同的标准。

比如，以胖为美通常是在很多人吃不饱饭的国家和年代。因为营养不良而消瘦的人太多了，为了养育出健康的下一代，人们把体重作为衡量是否营养不良的一个粗略指标，在那个时候当然更会选择体重较重的来作为配偶，以此避免生出不健康的宝宝。

又比如，虽然女性特征强的女性更有女人味，但是现代社会审美也会欣赏中性化的帅气的女性，这种审美标准放在很久以前，可能会显得荒唐。

但如果有一种美学标准，是要以让成千上万的女孩以牺牲健康为代价来达到，在达到这个标准以前甚至都不能做到自信和自爱，这样的美学标准，是反社会的。

比如裹小脚，比如束腰，比如偏瘦的体脂率。

我的美学标准是什么呢？

是健康，自爱和自信。

一切审美标准，不管是什么，只要没有打破上面这三个元素的底线，我觉得都是可以接受的。

无论是按照自己喜欢的样子穿衣打扮，或者按照一些社会文化审美标准穿衣打扮，我觉得都无可厚非。

只要你是健康的，自爱的，自信的就行。

现在，除了保持正常的体脂率以外，我还关注自己的体态，肌肉含量，内脏脂肪，心肺功能，这些都是健康身体的标准。

无论是哪种体形，都得少吃高GI（GI指血糖生成指数）的食物，都需要一定量的运动，以保持身体健康。

通过健康的方式，健康饮食健康运动，保持健康，在这个基础上，让自己的体形去符合健康的审美，当然不是一件坏事。

但用自己的健康，去迎合外界那些毫不关心你是否真的健康幸福的人那些扭曲的审美观，换得那一两句"你身材真好啊！"的夸赞。

真的是不值得啊。

我真希望有一天，我们在看见一个体脂率完全正常的女孩儿的时候，不会再觉得她胖，觉得她需要减肥。

很想回到16岁的那天，抱抱那个不自信的我，告诉她，你很可爱，你很健康，你不用那样减肥。

也想抱抱正在看这篇文章的每一个不自信的女孩，希望从现在起的每一天，当每次看到镜中的自己，你都是自爱的。

年轻和美丽一定会逝去，爱情也可能会枯萎，钱总会花完，而你的身体和你的心灵，却是唯一陪你到老的最重要的东西。

无论在世俗的眼光里是否美丽，它都值得你去尊重它，善待它，好好照顾它。

把我的经历分享给每一位想健康减肥的姑娘，防止更多的人犯和我一样的错误，避免产生盲目减肥的恶果。

Q1：减肥有哪些严重错误的观点？

错误观点1：体重减少就是"瘦了"。

很多妹子都喜欢运动完称一称，惊喜发现自己"变轻了"，结果第二天又"反弹了"。有个非常普遍的错误观点就是"减肥=减体重"。NO！减肥是"减少脂肪"，运动完后减掉的很多都是水分。所以说，不要称体重，要测量体脂率！

错误观点2：不吃早饭。

不吃早饭会得胆结石、胆囊炎，不信你可以试试！

错误观点3：只喝果汁或者只吃水果减肥。

你知道水果含糖量有多高吗？别傻了。

错误观点4：不吃肉减肥。

"不吃肉减肥"是个严重错误的做法！鸡肉每100克的脂肪含量才1克多。所以，你不吃肉也减不下来多少肥，除非你平时一直在吃肥肉。一定要吃肉，鸡肉、牛肉、鱼肉都行，只要不吃肥肉，不吃炸鸡什么的绝对没问题。

错误观点5：怕长肌肉，只做有氧运动，不做无氧运动。

女生雄性激素少，那么多男生想要肌肉还没有呢，你那么小运动量还会长肌肉？

错误观点6：局部减脂。

减脂就要减全身！从来没有什么局部减脂一说，如果有人告诉你某种产品可以局部减脂，他一定是在耍流氓。局部确实可以瘦，怎么瘦？无氧运动练肌肉！肌肉变得紧致了，肌间脂肪、肌内脂肪减少了，不仅线条优美，血液循环也会变好！

错误观点7：使用减肥产品。

有点基础逻辑好吗？你靠几十块钱的药、贴、饮品就能"轻松减肥""贴哪儿瘦哪儿"的话，那些发胖的演员早就瘦了好吗。咱们都是有文化、懂科学的好少女，不是信小广告买降压药的老奶奶。最近一些产品学乖了，广告语变成了"一边锻炼一边吃"，你都锻炼了，其实吃不吃它也没必要了。

Q2：什么减肥方法最好？

有氧运动+无氧运动+低卡饮食=最好的减肥方法。

没有之一！

减不下来的原因只有两个：不是猪一样地吃就是猪一样地练。你看看你是哪个？

Q3：减肥不能吃什么？

低糖！什么糖都不许碰，扔掉家里的一切含糖调味料。（这是最重要的一条！）

主食减少吃精白米饭。

严禁零食、油炸、火锅、肥肉等。（不要逛进超市的零食区！）

自己做菜的时候少盐少油。

早饭吃好吃饱（非常重要），中饭吃饱，晚饭吃少。

21天后给自己1天时间可以放开吃，然后进入第二个周期。

3个周期之后恢复正常饮食，但依然不可以高糖高油，更少吃零食。

Q4：嘴馋怎么办？

21天不吃零食。每成功坚持21天后加入1天放松日，放开吃吧！

听见室友吃零食，在宿舍里煮火锅、煮泡面，请自觉拎包去上自习或者出去遛弯儿（别带钱，别去超市，别进小卖部），千万不要犹豫，千万不要回头。

饭局前必杀特技：先吃一罐金枪鱼或者一碗燕麦粥后再出门。

实在想吃零食可以吃点全麦饼干、苹果香蕉、黑巧克力、大杏仁——大杏仁饱腹感很强，吃几个就感觉饱了，不会长胖。但也不要狂吃不止。

Q5：减肥吃什么？

主食：玉米、燕麦、豆类、山药等。

肉食：鸡胸肉、瘦牛肉、鱼肉等。

蔬菜：芹菜、黄瓜、大白菜、豆芽、竹笋、西红柿等。

水果：苹果、香蕉、葡萄柚、菠萝。不用吃太多。

吃食堂的姐妹可以不打米饭，换成玉米，自己搞点即时燕麦片之类的零食。嫌麻烦的，北京和上海都有专门的套餐公司提供减肥配餐，都是由营养师定制的，大家可以自行找找，价格都稍微有些贵，也不太好吃，不用长期吃这个，可以吃一个周期试试。

Q6：减肥怎么练？

21天为一个周期，每周7天练3天，每次1小时。

每次的时间安排：热身10分钟+无氧10分钟+有氧40分钟。

热身：慢跑／热身操／跳绳（三选一）。

无氧：静蹲（第一个21天）／平板支撑（第二个21天）／臀桥（第三个21天）（自查这三个名词和训练方法）。

有氧：椭圆机／跑步／游泳／球类／健身操（五选一）。

Q7：运动有哪些注意事项？

热身+无氧+有氧三者缺一不可（自查什么是无氧什么是有氧）。

不要心急，心急吃不了热豆腐。

不要睡觉前练，不要饭后练。

一定要注意保护膝盖，防止损伤！长期不运动的同学一定要从静蹲开始练习，把自己膝关节的保护肌肉练好才开始，否则会出现髌骨软化，以后想练什么都是白搭（我的经历就是血淋淋的教训）。

健身房有条件能跑椭圆机就跑椭圆机，不要跑跑步机，最伤膝盖的一是登山机二是跑步机，要跑步到室外地上跑，刚开始幅度不要太大。

Q8：懒怎么办？

按周进行，每次1小时。开始不要太热情，你会半途而废（你懂的）。中途断了一天千万不要有负罪感，不要变更你的时间计划想着"我今天不做明天做"之类的（你明天又会推后天的），解决方案就是"忽略"，然后还是按照你的时间表来。

给自己点激励吧，用纸做个表格贴墙上。

Q9：减肥怎么称体重？

忘记"体重"，关注"体脂率"。所谓"体脂率"就是"体内脂肪的比率"，30岁以下女生体脂率在20%—25%最好。20%以下会导致内分泌失调甚至不孕不育。大于33%就是肥胖。

用体脂仪代替体重秤。老牌子的体脂仪有欧姆龙，比较贵，现在智能体脂仪品牌有有品、云麦好轻、乐心等。价格在99—1000元人民币不等，越贵的包含的身体各项测量指标越多。大家可以根据不同需求选择。

每天称一下，看看是否有效，体脂率下降对自己的激励效果特别明显。

Q10：一些网传减肥法靠谱吗？

不——靠——谱！

主食减肥法：国外非常流行的一种减肥法，不吃碳水化合物，主食改为鸡肉或者精瘦牛肉。采用这种减肥法的话，你的皮肤和头发都会迅速变差，接着会引发记忆力变差，反应迟缓，容易疲劳，反弹迅速等状况。

水果减肥法：全日只吃水果代替正常饭菜。这比主食减肥法更不靠谱，我都不想提它。

果汁轻断食：很多商家把美国人玩剩的东西拿来中国玩，打着高端生活方式的旗号，搞得很厉害的样子。果蔬汁蛋白质含量基本为零，热量摄入不足，你的身体会把代谢率放慢，脂肪保留从自体肌肉中吸收蛋白质，减脂不会有任何新进展。至于"排毒"，呵呵，反正你总能遇到"果蔬汁圣教徒"给你"安利"，你爱信就信吧，反正我不信。

哥本哈根减肥食谱：和主食减肥法差不多，毁人健康，反弹迅速。

各种减肥饼干和减肥代餐：……求求你，好好吃饭行吗？

Q11：可以一个月内快速减肥吗？

之前有人私信我说，寺主人你上面说的方法太麻烦了啊。我就想一个月瘦30斤，怎么办？

我的回答是：

1. 绝食或减肥药。然后忍受皮肤状况急速变差、衰老，以后可能再也治不好的口臭、胃炎、月经不调、胆囊炎，并准备做胆结石手术。

2. 抽脂。然后忍受松垮的皮肤，半年后的反弹（你要是愿意承担这些代价，可以去试试）。

我是怎么毁了自己的脸的?

前几天有姑娘问我,说怎么"系统保养皮肤"呢?

然后我就在朋友圈里做了个小调查,问大家觉得皮肤保养是什么。

结果发现情况并不是很妙,尽管我们写了一篇又一篇的科普文,而大部分人对皮肤保养仍然还有非常多的误解。

在说如何系统保养皮肤之前,我想先说说自己的故事,可以让大家能够更深入地意识到错误的"系统保养"会导致多么严重的问题,然后再来说如何科学正确地保养。

我走过的坑,你们可能正在走,或者将要走,希望可以及时唤醒在坑里的各位。

第一阶段：没有"保养"概念

我少年时期完全不知道什么是护肤，加上妈妈说小孩子不用关心护肤，长大了才需要。

于是我特别傻地把"洗面奶"也归到了"大人才用的护肤品"范畴，对于洗脸的想法就是"只要洗得干净"就好啦。所以小时候我一直用香皂洗脸，每次都把脸洗得咯吱咯吱响，觉得特别干净。

我并不知道香皂不仅会过度脱脂破坏皮肤、刺激皮肤，还会残留皂垢堵塞毛孔，我以为是"自然无害"的。

结果可想而知，长期用香皂洗脸，破坏了我的角质层。我的皮肤由健康的中性变成了干性，永远都干得要命。

保湿力度也不够，只用大宝SOD蜜，一到冬天脸就干疼，自己还意识不到这是皮肤的问题，觉得这是正常的。

更要命的是，我完全不知道防晒的重要性。

因为我一直都没有以白为美，所以觉得晒黑了没什么问题，夏天的时候就尽情在户外，完全没有任何防晒措施。

我完全不知道晒不仅仅会晒黑，更会让皮肤"光老化"。长此以往，不注意防晒，粗糙、毛孔粗大、皱纹这些皮肤问题自然就来了。

并不是我一个人有过这样的少年时期。

我之前也收到过一个姑娘的来信，问我，她今年16岁，是不是还不到能用洗面奶的年纪。她直到现在用的都是舒肤佳香皂，也是因为"大人说小孩子不需要用洗面奶"。

真的很无语。

第二阶段：错误的"系统保养"

可能很多关注进化论的姑娘已经脱离了第一阶段，不会再用香皂洗脸，也知道使用乳液和面霜，有"保养"的意识了。

但比没有保养意识更要命的是"错误地系统保养"。

后来，我进入青春期，油脂分泌增加，自然就有了黑头，而且还是不凑近完全就看不见的那种黑头。

结果被某洗面奶广告一洗脑，买了洗面奶去黑头，黑头没去成，反倒把鼻子角质层破坏了，导致了脱皮。

上大学时，特别喜欢泡豆瓣网，看到了许多"护肤要趁早"的言论和一些"护肤经验帖"，然后"保养意识"越来越强，于是开始了各种折腾。

先是扫遍了各种草单。

你们知道，大部分市面上这些草单的描述通常都是"好用"

或者"不好用"，"用完皮肤好了很多"和"无功无过"这些主观的模糊的词汇。最后还要用"汝之蜜糖彼之砒霜"这句万能脱干系句式防止有人来撕。

种完草就买了一堆自己其实并不知道有什么具体作用的护肤品，只知道都是"对皮肤好的保养品"。

有了产品，就按照网上和自己情况差不多的达人的步骤来，一步都不能少：洗脸、收敛水、肌底液、精华液、眼部精华液、乳液、眼霜。

那些曾流行一时的产品我都用过，我的架子上经常堆着满满的护肤品。

我还学了很多所谓的淋巴排毒按摩和各种面部操。

网上达人说要"坚持"用磨砂膏去死皮，"坚持"用深层清洁面膜，于是我就每周都来一次。

刚开始的时候觉得特别惊喜，觉得皮肤真的干净了，通透了，跟新的一样。后来我的角质层就这样被过度清洁进一步损坏了。

网上达人说要"坚持"每天都用面膜，于是我就"坚持"每天都贴面膜，"坚持"洗澡的时候水洗面膜，再加上"坚持"用错了的面霜、眼霜，导致闭口、黑头一起出现了。

还听信网上的达人说"能够有效祛除红血丝"的软文，买了完全没有用的精油，红血丝没去掉，倒是先过敏了。

还试过各种神奇的收缩毛孔之类的水啊、精华液啊……并且，在这个过程中，我依然没有意识到防晒的重要性和不能过度清洁的重要性……天天用着大皂基洗面奶，出门依然不擦防晒霜。

我的皮肤就这样从普通的干性皮肤，变成了敏感的干性皮肤，不仅没比以前更好，反而出现了更多问题。

而这些问题的发生，没有让我马上意识到我的护肤行动是完全错误的，还以为要么是自己年龄大了，要么是护肤做得还"不够"。

这也不是在我一个人身上发生的事，进化论群里也经常有姑娘说类似的故事。

很多人只相信"坚持"就有效，而完全不知道自己所"坚持"的到底是不是正确的，于是和我一样在错误的道路上渐行渐远，还觉得自己做的都是在"保养"。

首先要做对的事情，然后再把事情做对！

第三阶段：科学地"合理保养"

后来我偶然在论坛上看到了一篇一个配方师写的正确护肤的文章，这才意识到自己彻彻底底做错了，本末倒置，错得离谱。

大学毕业以后，自己慢慢看一些皮肤学和化妆品制备的专业书籍和专业人士写的护肤科普文，这才知道什么是正确科学的护肤，即了解自己的皮肤状况和诉求，建立合理的预期，知道不同的产品作用于皮肤的原理是什么，什么问题可以解决，什么问题是无解的。

我换了温和的氨基酸洗面奶，做好防晒。不再一层一层往脸上糊东西，知道了哪些护肤品对自己有用，哪些是鸡肋，哪些根本就不适合自己。

我花了3年的时间，皮肤才逐渐恢复到现在的样子，不涂底妆出门，大家都会觉得我皮肤很好。

☆ 皮肤保养常见误区总结

误区1：对"保养"的目的模糊

和当初的我一样，大多数人对"保养"的目的非常模糊，只是说"让皮肤变好"或者"防止衰老"。

更多的人都错把过程当目的，觉得只要做他们理解上的"保养"行为，比如贴贴面膜什么的，就叫"保养"了。

误区2：不知道什么是正确的"保养"

正因为不知道保养目的和自己的诉求，所以就不知道自己适合买什么，怎么用。

于是通常的情况就是，看到达人推荐的一些产品和护肤步骤，就照着去做，完全不知道这到底适不适合自己，不知道哪些是必要的，哪些是不必要的，哪些是有用的，哪些可能还有副作用。

误区3：对"保养"的期望过高

前几年欧美一直试图在立法禁止护肤产品广告的过度PS。这些广告总给你一种错觉，觉得用了这些被说的天花乱坠的产品，自己的皮肤就能变得像照片上被P过的明星一样"皮肤好"。

很多姑娘虽然嘴上说着："其实我的期望没有那么高，皮肤不这么烂就好啦。"但实际上，大部分的情况都是实际情况没有她们想象得那么烂，而她们自己的期望却比她们所说的要高很多。

有了这种不切实际的期望以后，当然用什么都觉得没有用了，于是就陷入了"总能找到更有用"的这种买买买的游戏中。

误区4：保养就是要用"全套"，一个步骤都不能少

很多姑娘和年轻时候的我一样，看了各种鼓吹"坚持让你变得更美"的毒鸡汤，每天都充满仪式感地往脸上一层又一层敷各种东西，还有各种把脸皮越拉越松的按摩操……

你要单独把一个步骤拿出来问她们为什么要这么做，回答通常非常模糊，就是"对皮肤好"，至于为什么对皮肤好，究竟是什么原理，完全不清楚。

或者是一些特别神逻辑的解释。比如，用"一瓶墨水，放的水多了也会变淡"来证明补水对于美白的作用……

一种迷之信仰，一种迷之仪式。

浪费钱是小事，毁皮可是大事。

本来没有什么皮肤问题，这样"一个都不能少"很可能会导致皮肤过敏，每天敷面膜可能导致角质层过度水合而发炎，用了并不合适你的产品还会导致黑头、闭口、痘痘……

保养是要了解自己的肤质、皮肤问题和诉求，选择适合自己的步骤和产品，而不是"全套"，也不是"一个都不能少"，或者"越贵越好"。

误区5：保养就要敷面膜，需要"密集修护"

补水面膜只能短时补水，让你的皮肤在几小时之内水分含量高一些，和长期抗衰美白没有半毛钱的关系。

你可能经常在朋友圈看到这种微商的说法："年轻时不敷面膜，年纪大了你就知道敷面膜的重要性了。"

之前我反反复复和大家说了好几次保湿的原理，保湿面膜只是能够让你的皮肤在短时间之内浸润水分，相比纯水，其中的一些保水成分（比如玻尿酸）能够延缓水分蒸发的速度。

你以为10块钱一片的以保湿成分为主的补水面膜"每周坚持"敷就能抗衰老了？

并不能。

但面膜也不是什么用都没有，补水面膜能让你的皮肤短时间内含水量增加，立马看起来润润的，并能维持几个小时。

成分有效工艺佳的高质量美白和抗衰的面膜比精华更能增加吸收率，如果有美白和抗衰需求的话也是可以每周使用1—2次。

但是，不要对面膜抱有太高奢望，好像有了面膜就能长生不老，不用面膜就一定会变成黄脸婆一样。面膜并不是"保养"必需品，更多是一件"有了更好"的东西。

为什么美白不起来

Q1：天生黑使用美白产品能变白吗？

A1：不能。

天生黑是由复杂的等位基因频率（Allele Frequencies）决定的，就跟你天生的智力一样。

不同肤色的人的黑色素细胞的数量并无很大差别，但肤色较深的人黑色素细胞活性水平较高，并且储存黑色素的数量会更大。

如果你周围有皮肤黑后来变白的，只有三种情况。

1. 她其实并不是天生黑，只是有可能小时候不注意防晒被晒黑了，长大后注意防晒加美白，又白回来了。

2. 激素水平变化（其实通常只会变得更黑）。

3. 她在忽悠你。

Q2："天生黑"就没救了吗?

A2：上一答也提了。有可能你觉得你"天生黑"，但其实只是你之前不注意防晒和美白（尤其是防晒）导致的后天黑。

不信你看看你的大臂内侧和大腿内侧，如果发现和其他地方反差很大，那么恭喜你，你并不是天生黑。

Q3："后天黑"的原因是什么呢?

A3：当然是黑色素（Melanin）的生成啦。

紫外线、炎症、皮肤破损、激素水平变化都会引起黑色素产生，但大部分原因其实还是紫外线。

这就是为什么我一直强调要防晒、防晒、防晒，一切不做好防晒的美白工作都是耍流氓。

上面这个过程只是简单描述了一下黑色素产生机制，但其实黑色素产生的机制是很复杂的。

Q4：为什么用了很多美白产品却白不了?

A4：很多妹子换着各种美白产品用，却依然白不了也祛不了斑，原因如下：

只用美白产品却不注意防晒（这是最重要的你白不了的

原因）！

产品选错（配方根本不走心、浓度不够等。尤其是学生们喜欢买的很多平价产品，其实根本就不是美白配方，或者有美白成分但根本就达不到美白需要的浓度。当然浓度也不是越浓越好。市售大厂出的产品浓度也不会特别高，放心就是）。

用量用错（防晒霜没有用够量，美白精华也没有按使用说明用量）。

产品搭配错（某种单一形式的黑色素生成阻断效果并不会很好，抗氧化，还有"三酶一素"都要抑制，才能有效美白）。

皮肤缺水（干燥的角质层使得美白产品无法渗入基底，一定要先做好保湿）。

时间不够长。皮肤新陈代谢28天是一个周期，精华、面霜都要超过三个月才能看出效果来（当然还是在防晒做好的情况下）。面膜也是，一周一次也要两三个月才行。

Q5: 市面上的美白产品原理是什么呢？

A5：美白产品原理大体上有三类。

抗氧化（也称还原美白）是因为在黑色素的生成过程中氧化自由基参与了部分反应，所以抗氧化对美白来说也是个关键步骤。

"三酶一素"是指在黑色素形成过程中起到关键作用的四个

玩意，抑制它们四个的活性就阻断了黑色素形成。这是大部分市面上美白产品的原理。

美白成分发挥作用主要有下面几个途径：抑制黑色素的产生、抑制黑色素的转移、积累到角质细胞的黑色素的清除，我们一项一项说。

☆ 抑制黑色素的产生

酪氨酸酶抑制剂觉得酪氨酸酶这个大叔酷炫有型难以拒绝，于是抢着和酪氨酸酶在一起，会导致酪氨酸被扔在一边没人搭理。

于是反应无法进行，黑色素没办法形成，美白功效就达成了！

说到抑制酪氨酸酶活性，那绕不过去的首先肯定是苯二酚家族。苯二酚家族有两位大当家：对苯二酚、间苯二酚。两兄弟长得实在太像，很多人看外观都分不出它们来。

如果你在你的护肤品中发现了这两兄弟的名字，而这个产品不是医生开给你的，那有个建议给你：跑……跑得远远的……

这两兄弟在美白效果上无人能出其右，但安全性上实在不让人放心。如果不是皮肤科医生给你开药的话，自己不要尝试。

陆陆续续地，研究人员发现在两兄弟身上加装上其他的小物件，虽然效果上要打些折扣，但安全性却大大增强。

比如在间苯二酚上加个丁基或者己基，研究者发现，如此一来，虽然美白的效果略有下降，可是刺激性和安全性却有了很大提升。

在这个基础上更进一步，比如在对苯二酚上加个糖苷，"熊果苷"诞生了。在间二苯酚上挂个苯乙基，Sym White®377就出现了（说起来虽然简单，但实际的研发过程肯定也是充满艰辛的）。

城野医生直接把产品命名为377，可见爱得多么深沉。城野医生的这款377还有丰富的维生素C抗氧化，更好地保证377能够发挥作用。

ASDM的乳液有8%的β-熊果苷和5% α-熊果苷。但是据一些报道说熊果苷是有光敏感性的，所以保险起见，还是在晚上使用比较好。

☆抑制黑色素的转移

如果硬要说出一种成分，可以最大限度满足我们对护肤品的想象，那烟酰胺肯定是会先被点出来的。

烟酰胺是维生素B_3（也就是烟酸）的活性形式，在胞间通信方面起到很重要的作用。很多研究已经发现烟酰胺在皮肤屏障的修复、淡斑美白以及改善皮肤弹性等方面有很好的效果。

从美白的角度说，烟酰胺对于因紫外线造成的晒黑或是痘印的消退（也就是炎症后色素沉淀）会有较好的效果。它可以阻止黑色素从黑色素细胞向角质细胞迁移，在黑色素安营扎寨之前就将其消灭，从而阻止色素的沉积，起到美白和淡斑的效果。

宝洁旗下的Olay对烟酰胺也情有独钟。从小绿瓶到小白瓶到纯白方程式，都是主打烟酰胺的产品。

☆烟酰胺的不足

烟酰胺对pH是很敏感，一言不合就水解出强刺激性的烟酸，于是使用后可能就会出现皮肤泛红、刺痛、痒等问题。

烟酰胺在pH＝6左右是较稳定的，做过酸碱滴定实验的小朋友应该有感触，pH在6—8之间是很难滴定的。

虽然大规模的工业化生产可以在很大程度上降低这种不稳定性，但如果配方不过关或是因为其他原因，还是可能会出现pH的偏差，于是烟酰胺水解出烟酸，皮肤就过敏了。

拿这个过敏现象怎么办？

其实也是老套路：先在手臂内侧或耳后做试用。如果使用后

24—48小时没有发红等过敏现象出现，那就可以了。

烟酰胺的添加浓度可以达到5%，如果你购买的产品是主打烟酰胺，或是烟酰胺在成分表上排位很靠前，那谨慎小心一点是值得的。

☆加速角质细胞更新

很多情况下黑色素最终会沉积在角质细胞中，所以去角质可以帮助沉积有黑色素的角质细胞更快更新也就很好理解了。

美白方面常用的去角质成分是果酸类（比如α–羟基酸）以及水杨酸及其衍生物（如甲氧基水杨酸钾）。

☆抗氧化

说了针对酪氨酸酶的策略，说了怎么让黑色素在路上被打劫的策略，也说了黑色素已经坐镇角质细胞后的策略，还漏下了酪氨酸和酪氨酸酶反应的一个介质：氧。通过对氧化过程的抑制，黑色素的产生过程也会受到影响。

特别强调的几种成分如下：

内皮素抗结剂是一种比较新的成分，理论上很有效，但还没有普及。

曲酸是医用效果最明显的，很多精华都用，但是它稳定性差，副作用也比较大，日本貌似将其禁用了。

SymWhite®377也是个美白新宠，它活性好，效果也棒，大家可以关注一下。

熊果苷目前是相对稳定和安全的美白产品，如果你是个比较保守的人，推荐选择这个。

另外，还有一些成分值得注意。

很多美白产品里没有美白成分，但是有二氧化钛。二氧化钛就是防晒霜里的二氧化钛。用了这种美白产品后脸上会很白，其实根本就不是你皮肤白。

加了荧光剂的美白精华简直就是耍流氓，你要是用了什么面膜或者精华马上感觉脸就白嫩了，十有八九那里面含荧光剂（也不排除有些大厂用一些其他成分，安全第一）。

Q6：可能速效美白或者祛斑吗?

A6：不可能。

使用美白产品一个月以内都不可能见疗效。你看之前的黑色素生成原理就知道了，要让已经产生的黑色素走开只能等皮肤新陈代谢周期28天结束后才能初见成效，每个人代谢速度也不一样。

那些声称7天速效美白的广告，我只能说呵呵，他们大概可以得诺贝尔奖了。

Q7：美白面膜为什么一下就白了？

A7：有三种原因。

面膜本身有果酸类成分，暗沉角质脱落后会感觉皮肤变白了；

角质层水分补充了；

添加了荧光剂等不良成分让你看上去"白"了。

所以对速白面膜一定要小心，看看成分，如果没有果酸类成分却白得很夸张的话，有可能是加了荧光剂了。

美白面膜对于补水完了以后的晒后修复效果比较好，浓度高，一周可以做一次。但如果不搭配美白精华或者面霜，也不坚持做，效果也不会特别好。

Q8：我该如何有效美白呢？

A8：说了这么多，执行起来就是四步一起走。

如果你只想做一步，那就是防晒。

只想做两步，就是防晒和抑制黑色素。

只想做三步，就加个去角质（记住"适度"）。

晒后修复就是在户外运动过后进行的，平时可有可无。

产品我就不推荐了，每个人情况都不一样，你们挑选的时候对照着成分表看就行。

其他注意事项：保湿要做好；睡眠要保证，激素紊乱也容易变黑。

Q9：美白洗面奶和美白化妆水有用吗？

A9：洗面奶能美白还是算了吧，即使加了美白成分，在你脸上的停留时间还有浓度都不足以进入基底。化妆水的浓度通常也达不到，敷脸可能稍微有些用，但是正常拍拍拍就想白白白也别指望了。

美白最有效的还是美白精华了。

Q10：美白丸、美白针有用吗？

A10：美白丸的成分主要是谷胱甘肽+半胱氨酸+VC，美白针是传明酸+VC。原理都是抗氧化，和外用的原理一样。

国家卫生部门尚未批准美白针应用于医美，你们自己看着办吧，反正我是不会随便让别人往我血管里注射什么奇怪的东西的，谁知道里面到底是不是传明酸和VC。

Q11：寺主人自己呢？

A11：我自己除了防晒以外是不用抑制类美白产品的。

良好的防晒已经让我的皮肤得到了很好的保护，从根源上斩断了黑色素形成的第一步。另外我个人的审美并不是以白为美的，我还曾一度傻乎乎去晒黑，导致皮肤老化。所以现在防晒主要是防止老化。

另外我更重视保湿和抗衰，所以美白对我来说不是个人需求，我也不想因此增加皮肤负担，目前美白产品我也是用维生素C衍生成分抗氧化类的。

建议如果有其他皮肤问题的同学先解决皮肤问题（如痘痘），没有那么迫切需要美白的同学可以把美白这件事看得淡一点，以防晒为主就好。

但也不要过度防晒，容易导致因维生素D缺乏而产生的骨质疏松等症状。

如何抗衰老防皱纹？

关于肌肤抗衰老，你只需要做到以下几条。

1. 防晒防止光老化是最重要的，如果不想长皱纹、肤色粗糙和暗沉，第一步就是一年四季都做好防晒工作，做不好防晒，其他都是表面功夫，收效甚微。

2. 坚持有规律运动健身。

3. 常吃炒番茄（补充茄红素，一定要是油炒的，凉拌的茄红素很少）。

4. 使用正规厂商生产的抗衰精华。

5. 已经出现皱纹，想要改变，只有去做医学美容项目，涂涂抹抹的效果微乎其微。

☆吃什么？

富含维生素E的食物和富含维生素C的食物。

还有富含硒（炒南瓜子、豆类、猪腰子等）、胡萝卜素及茄红素（胡萝卜、番茄）、辅酶Q10（牛肉、豆油、沙丁鱼、鲭鱼和花生）的食物。

☆皮肤衰老是指什么？

随着年龄增长，内在和外在的同时作用，皮肤生成的胶原蛋白、弹性蛋白越来越少，整个真皮层的网状结构受损，皮肤松弛不再紧绷有弹性。颗粒层和真皮层都变薄，但是覆盖它们的角质层和有棘层没有变化，于是后者没有前者的支撑，就出现了皱纹。

同时，皮脂腺、汗腺功能也开始衰退，所以年纪大了皮肤会越来越干燥。

皮肤衰老有哪些类型？

老化有两种，一种是内在性老化（intrinsic aging），一种是外源性老化（extrinsic aging）。

皮肤老化最重要的原因就是光老化（photoaging）。是由于做不好防晒工作所导致，所以防晒最重要的其实不是防止晒伤或者晒黑，而是防止"晒老"。

很多人压根儿都不知道自己的皮肤为什么会肤色暗沉，肤色不均，为什么会有色斑、有皱纹、很干燥，其实很多时候都是由于光老化所导致。

所以防晒是最重要的。做好了防晒工作，即使不用各种抗氧化精华，到了三四十岁的时候，皮肤也会比同龄人好很多。光老化比自然老化严重得多，并且还会在自然老化的基础上叠加。

很可惜的是，大部分姑娘都不重视一年四季的防晒工作，最后皮肤出皱纹了、暗沉了才开始关注抗衰，然而那时候其实已经很难恢复了。

☆ 我有皱纹吗？

我们在2016年读者见面会的时候发现了一件有意思的事情，很多同学并不知道自己是否有皱纹，对皱纹的定义有所疑惑。

"我笑起来眼角有皱纹，不笑就没有，这样算是皱纹吗？"

"法令纹算是皱纹吗？"

除了日晒以外，遗传、雌激素不足、吸烟、酗酒、长期睡眠不足、精神压力、空气污染等都是影响皱纹产生的重要因素。

护肤品如何抵抗衰老？有以下几种方式。

1. 抗紫外线辐射

抗紫外线辐射主要使用防晒霜。

2. 清除过量自由基

自由基在人体内帮助进行能量转换。适量可控的自由基是人体所需的，而过量的自由基损伤是造成衰老的关键环节。抗氧化剂，或者叫它们"自由基清除剂"，可以帮助我们消灭体内过量的自由基。

代表成分：维生素C、维生素E、硒及其化合物、辅酶Q、茄红素。

3. 增强细胞的增殖和代谢能力

微观上细胞的衰老直接导致了外表上皮肤的衰老。想让皮肤显得年轻，最直接的办法就是让细胞更新换代使劲生长：促进细胞分裂增殖，加快表皮角质层老细胞脱落速度，刺激基底细胞分裂。这种方式能实现快速改善皮肤外观的目的，让人看起来年轻很多。

代表成分：α-羟酸（果酸）、维A酸衍生来源的化合物、异黄酮类、角质细胞生长因子、成纤维细胞生长因子。

4. 重建皮肤细胞外基质

表皮层下面是真皮层，而真皮细胞外基质（ECM）中有许多蛋白基质成分：结构蛋白（胶原蛋白、弹性蛋白）和粘着蛋白（纤连蛋白、层粘连蛋白）。

ECM的含量和质量下降也是皮肤衰老的重要特征，因此重建ECM使其回到年轻水平也是一种方式。要注意的是，重建方法并非"吃啥补啥"，吃下去的胶原蛋白并不能直接用到身上。

相对胶原肽等提取物，红景天素、人参等提取物可能更有效，可以促进纤维细胞分裂，并且促进它们合成和分泌胶原蛋白。

代表成分：主动方式有红景天素、人参、黄芪；被动方式有胶原肽、弹性蛋白肽、透明质酸。

5. 修复皮肤屏障

角质层水合能力下降导致的干燥是衰老皮肤的另一个重要特征，许多实验证明保湿锁水对缓解皮肤衰老有很大的帮助。

代表成分：保湿锁水。

☆ 25 岁以前是不是不用抗衰？

不是。抗衰的意思不是逆转，而在于"冻龄"，越早意识到抗衰这件事，开始做各方面的抗衰工作，之后的皮肤就会越好。25岁以前不一定需要抗氧化精华，但是一年四季都一定要做好防晒工作，加强运动，并且多吃炒番茄（茄红素）。

☆胶原蛋白有用吗？

护肤品里的胶原蛋白，无论是面霜精华或者是面膜，唯一的作用只有保湿，因为胶原蛋白分子很大，无法渗进深层皮肤。而作为保湿而言，它又没有普通的封闭剂效果好，所以相当于花很贵的钱买了一个效果并不好的东西。

也没有正规实验证明口服胶原蛋白的有用性（曾经有利益相关机构有一些不显著的研究结果，并且发表研究结果的期刊也卷入了数据造假丑闻中）。除了保健品以外，猪蹄、凤爪什么的也是没有用的。

☆抗氧化有什么用？

抗氧化剂的主要功能就是通过自身的抗氧化性，使自由基少产生或是能够在一定程度上降低自由基对细胞的损伤。

身体内自由基的产生主要有以下几方面。

身体自身的代谢过程；

紫外线、环境污染等外部因素造成的损伤，尤其是紫外线；

不好的生活、饮食习惯，情绪、压力调节不好。

自由基的作用之一就是会诱发转录因子（比如AP-1和NF-κB）从而增加基质金属蛋白酶（MMP）的表达。其中一种MMP

就是胶原酶，它可以使胶原蛋白逐渐失去原有的性质，皮肤失去弹性出现皱纹和松弛。

很多同学看到抗氧化想到的就是抗衰老，进而想到抗皱。从上面可以看出，抗氧化剂确实对减缓皱纹的出现有一定的作用，但想要祛皱难度还是很大的。抗氧化剂主要还是通过长期的使用，减缓皮肤衰老。

这里还是要再强调一下，使用抗氧化护肤品并不是全部，更重要的部分还是在大家的日常生活中：调整好生活、饮食习惯、做好防晒是最重要的！

好啦，知道了抗氧化的作用，我们来看看几种主要的抗氧化剂吧。抗氧化剂种类繁多，我们挑选比较常见的几种，给大家介绍一下。

维生素C

维生素C类是最常见的抗氧化成分了，因为维生素C确实是全能王：抗氧化、抗皱纹、美白，还有一定的抗炎效果。虽然人体摄取维生素C要靠外来食物，但维生素C缺乏这个问题基本不会出现，大家不必总想着搞点补剂吃。

目前认为口服维生素C并不能增加它在皮肤细胞中的含量，所以如果想要针对皮肤起效，还得从外敷产品入手。

维生素E

脂溶性抗氧化剂中最知名的是维生素E。它不仅在护肤品中被广泛使用，在医疗中也被用于治疗多种皮肤疾病。

不过维生素E发挥较大功效的方法是和维生素C进行复配，通过协同作用增加抗氧化效果；也有研究显示维生素E需要和维生素C配合使用才能达到很好的紫外线防护效果。

多酚类

多酚类如白藜芦醇、绿茶提取物、番茄红素、姜黄素等，这类成分大多存在于植物中，结构上有一定的相似度。

以白藜芦醇为例，它在葡萄、坚果和红酒等多种食品中都存在。白藜芦醇是强力的抗氧化剂，并且具有一定的抗炎效果。这几年关于白藜芦醇的研究越来越多，相关的产品也越来越多。

很多研究显示，白藜芦醇对于UVB（户外紫外线）介导的过氧化反应和细胞损伤可以起到很好的作用，也很适合在不同的剂型中搭配使用。

绿茶提取物

绿茶中含有多种多酚类成分，其中最受关注的是表没食子儿茶素没食子酸酯（EGCG）。不同的提取物成分中的活性物质的含量也并不相同，所以单看成分表出现了这个成分也并不代表效果一定会好。

辅酶Q10

辅酶Q10也是一种在鱼类和贝壳类中含量很高的成分，也被发现具有很强的抗氧化功能。有研究发现体内辅酶Q10的含量随着年龄的升高呈下降趋势，因而推测它的抗氧化功能与衰老存在一定的相关性。也有研究显示在UVA（长波黑斑效应紫外线）照射下，辅酶Q10可以渗进皮肤并抑制胶原酶的活性，从而减缓胶原蛋白的降解。

辅酶Q10目前还是以辅助成分为主，通过与维生素C和维生素E的协同作用帮助其他成分达到更好的效果。

关于抗氧化剂的协同效应

协同效应是抗氧化剂能够高效发挥作用的重要原因，使抗氧化剂发生协同效应主要依赖以下五种成分：维生素C、维生素E、谷胱甘肽、辅酶Q10和硫辛酸。

原理如下，原子身边会带有一个未成对电子，即自由基，自由基会带着武器的，四处搞破坏，而抗氧化成分（比如维生素E）虽然有能力没收自由基的武器，但自己也会被限制住无法继续发挥作用。

而维生素C和辅酶Q10可以通过捐出一个电子的形式，使维生素E恢复到抗氧化状态，即形成一个循环。这样几种抗氧化剂的相互作用就被称作协同效应。

☆ 什么时候开始做防皱合适？

1. 防皱这件事可以早早开始。很多姑娘20岁出头就有鱼尾纹了，因此防皱这件事早点开始并没有错。

2. 长皱纹是一件无比正常的事情，没必要大惊小怪，预防也只能帮你稍微延缓一些时间而已，并不能让你不长皱纹。

3. 做好防晒！做好防晒！做好防晒！紫外线是导致皱纹增加最重要的外部因素，做好防晒可以有效延缓皱纹生成。

4. 良好的生活习惯非常重要。环境污染、作息不规律、饮食紊乱、抽烟、酗酒、肌肉劳累、皮肤干燥都会加速皮肤老化。因此要想防皱效果好，在做好防晒的基础上要尽量避免以上这些事。

5. 护肤品只能在一定程度上减缓皱纹的加深（预防和舒缓皱纹），很难做到将皱纹完全消除。

很多姑娘都说她们20多岁就已经有鱼尾纹了，所以说如果你想预防的话，那么越早做好防皱措施越好，没必要像很多护肤文中说的一样"25岁以后再开始"。

皱纹并不仅仅和美丽有关，很大程度上也是身体健康程度的体现。面部的皱纹很大程度上是由日晒引起的，不重视防晒的人，年老的时候不仅皮肤易松弛，皱纹横生，患皮肤癌的概率也会增大。

依据不同的分类标准，皱纹种类也多种多样，而不同种类的皱纹所在位置和形态也各不相同。

按照产生原因，分类如下：

固有性皱纹

固有性皱纹即皮肤自然老化引起的皱纹，也叫体位性皱纹。人体凡是运动幅度较大的部位都有宽松的皮肤，以适应肢体完成各种生理运动。

这些充裕的皮肤在处于松弛状态时会自然呈现出形态不一的皱纹线。当皮肤被拉紧时，皱纹线消失；当体位发生改变时，皱纹线出现的部位也随着改变。

例如，膝盖处的皮肤因为运动幅度大所以容易出现这类皱纹，当膝盖弯曲的时候皱纹就消失了。

光化性皱纹

光化性皱纹指由于日晒而引起的皱纹，主要表现为日益增多且持久存在的线条，发生在一些经常受到日晒的区域，如脸颊、颈部。此类皱纹大多是由于皮肤内水分和胶原蛋白等流失而造成的皮肤塌陷所致，一旦发生就难以逆转。

动力性皱纹

这是因表情动作而产生的皱纹，最开始仅在肌肉运动时才出现，随着皱纹加深变粗，慢慢地在肌肉静止时也持久存在。

眼部皮肤薄，皮脂分泌少，且眼睛每天都会自然眨动成千上万次，更别提因为大笑或者大幅度面部动作造成的拉扯。因此，一般情况下，眼角鱼尾纹是最先出现的动力性皱纹。此外还有眉间纹、额纹、法令纹（鼻沟纹）、笑纹和口周纹等。

重力性皱纹

这是因地心引力作用产生的皱纹。重力会使皮肤下垂或者产生褶皱，比如双下颌、颈部皱纹。提拉可使这类皱纹暂时平整，但不能使其消除。

了解了皱纹的种类和成因，下面说说怎么对其进行预防和缓解。皱纹的出现由身体内部因素和外部因素两方面造成，下面的几种预防措施也是从这两个方面来应对这个问题。

生活习惯

生活习惯对皱纹的产生有很大影响，皱纹产生的最重要原因是身体的衰老，而不好的生活习惯会加快这一过程。

人体的衰老会发生在所有的器官和组织上，皱纹增加只是最直观的表现。例如，已经有研究显示，吸烟者面部皱纹情况与慢性阻塞性肺病（COPD）的严重程度存在相关性。

所以说，养成良好的生活习惯和饮食习惯，所能产生的效果比花大价钱买膏膏水水涂脸要实际得多，而且效果也长远得多。

多运动

1. 在平时生活中最好不要长时间维持同一个动作，如久坐不动（也不要"葛优躺"一躺一天）。

2. 适当活动一下，比如做做拉伸、舒展手腕等，并且坚持锻炼。这些小运动短期看可能没什么效果，但一旦养成习惯坚持下来，不仅有助于增强体质，还能有效延缓皱纹生成。

运动对于动力性和重力性皱纹的改善很有帮助，因为长时间保持一个动作会强化特定皱纹的纹路。

日常饮食

多吃一些有抗氧化功效的食物，如番茄、胡萝卜、大豆、石榴、绿茶、白茶、姜、黄瓜、葡萄、花椰菜、柠檬、蓝莓……番茄中含有丰富的茄红素，花椰菜和蓝莓中有丰富的维生素C，这些成分都有很强的抗氧化能力，这些食物都能在不同程度上减缓皱纹生成。

☆护肤品能做哪些事？

嫩肤抗皱的护肤品种类繁多，按照其作用机制大概可以分为四种。

抗紫外线辐射；

保湿和修复皮肤屏障功能；

抗氧化；

促进细胞增殖代谢能力。

抗紫外线辐射

说白了就是防晒。影响皱纹的外部因素主要就是紫外线辐射。关于防晒对皱纹的影响我们就不多说了。

保湿和修复皮肤屏障功能

皮肤屏障除了保持皮肤水分之外，还有多种脂质填充其中，对于维持皮肤正常的结构和状态非常重要，这也是解决皮肤问题的基础。

抗氧化

细胞内自由基的产生是不可避免的，身体本身产生自由基的量会逐渐超越清除自由基的能力，除了机体自身原因之外，紫外线、汽车尾气等因素都会使细胞内产生自由基，带来衰老、色斑甚至癌症等一系列问题。

抗氧化的成分中最大众，但也最实用的，就是维生素C，因为高浓度的维生素C不太稳定，所以很多产品也会添加维生素C衍生物，稳定性好，效果也不错。

除了维生素C以外，像维生素E及其衍生物、白藜芦醇、阿魏酸、辅酶Q10等，也都是抗氧化护肤品中的常见成分。

促进细胞增殖代谢能力

细胞老化的一个重要特征是细胞增殖和代谢能力下降，可能是机体衰老这样的内因，也可能是紫外线照射这样的外因。

简单地说，当细胞新生的速度赶不上细胞老化的速度，皮肤渐渐就会松弛起皱纹。

这其中去皱最出名的还是果酸。果酸作为剥脱剂可以使角质细胞间的作用力减弱，加速老化细胞的剥离，并促进细胞分化增殖，达到去皱抗老的功效。

但需要再次强调的是，这些护肤品并不能完全去皱或者预防皱纹，不要对它们期望太高。

☆ 医美除皱靠谱吗？

对于已经出现的皱纹，如果觉得护肤品见效慢，还可以求助于医美方法。

目前常见的医美除皱方法主要有激光类和填充类，激光类比如IPL（一种有特殊波长的宽谱可视光）等都有除皱的功效，而填充类比如透明质酸和肉毒杆菌想必大家也都耳熟能详。

先说结论：选择有资质的机构和医生，医美除皱的效果和安全性是可以得到保障的。

但是做医美之前务必先充分了解相关信息，尤其是可能出现的副作用这类的情况，做到心里有数。

另外，大家可能也都知道，这些手段也都是暂时性的，并不能一劳永逸，毕竟正常的生理过程在那儿。一旦你入了医美这个大坑，可能就意味着你要反反复复去做，而且你也不知道以后会发生什么其他情况。

所以，保持一个正常期望值非常重要，尽量做好日常护理工作，坦然接受自然老化，开开心心"变老"吧——不要自己吓唬自己。

Chapter

4

恋爱养成指南

女 / 神 / 进 / 化 / 论

男女平均的女权是伪女权，

它让女人的"义务"变多而"权利"变得更少。

成熟从不要作开始

    曾有读者给我发了一条私信，大意是说她知道她很作，她的男朋友有点受不了，想和她分手，但是她真的很爱她男朋友，不想分手，但是她控制不住自己作，不知道该怎么办。

    我好说歹说，她终于想明白了，最后给我写了一篇文章，题目好像是《女朋友作是因为她爱你》。

    世界上总有一些恬不知耻的强盗逻辑。

女朋友作是因为她爱你；

父母打你是因为他们爱你；

老师体罚你是为了你好。

…………

所以可以由此推论：不作的女朋友就不爱你？作就是表达爱意的唯一方式了？

不打孩子的父母就是不爱孩子了？打就是表达爱意的唯一方式了？

小学数学怎么学的？充要条件必要条件分不清吗？

我有一个前男友，真的非常作，我觉得我特别能体会有一个非常作的女友的男生是什么样的感觉。

有一天我在外面吃肥肠面，人非常多，又吵又挤，我要付钱、端面，怕手机丢了就把手机放在了包里。

人太多，位置不够，有一个人端着碗面找不到座位就干脆站在我旁边看着我等我吃完。

我赶紧埋头吃完让他坐。

这前后吃面花了大概二十分钟左右的时间，我没有看我的手机，结果就出事儿了。

10多条未读聊天记录，都是这位前男友发来的。

"你在干吗呢？"

"喂！"

"干吗不理我？"

"生气了！"

"……"

"你忙你也回一个吧，不回信是怎么回事啊。"

…………

我赶紧回复："我刚刚在吃面，没看手机。"

发出去，结果发现自己被拉黑了……

这不是第一次了。我赶紧打电话过去安慰。

打过去，通了，接起来，不说话，然后挂我电话……反反复复好几次。

这样的事情还有很多，比如，我和他聊微信聊得睡着了不回复他了，或者哪天他和我说什么他特别开心的事情，我正在开会没有及时响应，他会说："啊，你真厉害！"……诸如此类。

这种"作"少一点还行，小作怡情，大作灰飞烟灭。我后来真的有种心力交瘁的感觉，就和他迅速分手了。

真的，谁要和我说"因为他在乎你所以才这样啊，你应该体谅一下他"，我就真的给他一巴掌。

我还想说"爱我就该不要作"呢！

人和人之间最基本的尊重到哪里去了？

事实上，这种对各种小事无理取闹的作，除了以下三点原因，没有别的。

1. 要求太多，满足不了你的要求就开始作。

2. 情商太低，控制不好自己的情绪，不知道什么是正确的沟通方式。

3. 太闲得慌，没有自己的要紧事情做，才会在鸡毛蒜皮的事情上作。

对于第一点，很多姑娘长这么大了却还有着"他不怎么怎么样就是他不爱我"这种幼儿逻辑，特别爱看那种《你的男朋友并不真正爱你的10条证据》之类的东西。

为什么说这是幼儿逻辑？因为这和小朋友"爸爸妈妈不给我买糖就是不爱我"的逻辑并没有什么区别。只要没有满足你的要求，就是不爱你，不管你的要求是不是合情合理。

觉得他不爱你了就分手，别猜来猜去的，还浪费自己时间，浪费自己的心情。

第二点，情商太低，这个不太好处理，只能慢慢来。之前的情商篇也说过如何调整自己的情绪，这里不多说。

第三点，是最重要的一点，就是女生一定要有自己的事业。

你不一定要事业多成功，但是一定要有自己喜欢做的事情，至少也要经济独立，能够买自己想买的东西。别整天就知道扑在男朋友身上，看一堆哭哭啼啼的情感鸡汤文。

如此下去你的格局会越来越小，越来越蠢，越来越没办法掌控自己的命运。

我不和你们玩儿什么政治正确，说诸如"女主内也是一种自由选择啊"这种东西，因为我看到的，听到的，大部分女生没有自己的事业，不能做到经济独立（自己想买的东西可以自己买）的女性，几乎全都过着非常不愉快的生活。

你以为家庭主妇这么容易做吗？

很多情感博主喜欢顺着你们的心思说话，净给你们灌些个毒鸡汤，可能要说："因为我是女孩子呀，女人就该这样！"我觉得说这种话的，小时候八成也都是熊孩子，在别人家里吃拿卡要横冲直撞完了还要说"我还是个宝宝呀"。

最后你们心安理得地"作"，又不能坦然接受"作"带来的后果，那就自己慢慢作吧。

能包容女朋友作的男生少，偶尔来一下谁都可以理解，但能长期包容女朋友作的男生更少，所以不要指望有多大概率别人会因为你作还爱你。

还是那句话，尊重别人，尊重自己，不要作，找点对社会、对自己有价值的事情干。

为什么情侣之间会吵架？

一个叫作"冰山模型"的小工具，可以帮助大家分析每一次吵架的原因，这个工具不仅仅可以帮助你厘清情侣间的矛盾，还可以解决其他情绪上的问题。以下会有介绍。

☆ 被情绪驱动的行为

安东尼奥·达玛西欧（Antonio Damasio）在《意识之光》（*The Feeling of What Happens*）中提到：人类的大部分行为都是由情绪驱动的。而这些情绪则来源于你过往的经历建立起的信念。当客观世界与你的信念发生冲突，你的负面情绪就会被激发出来。

　　情商有不同的分类方式，但其中"自我情绪的认知能力"是被公认的，也是最基础的部分。

　　虽然是最基础的部分，大部分人仍然对自我情绪有着不清晰的认知。最普遍的例子是，当生气的时候，你虽然知道自己在生气以及生气的直接导火索，但其实并不知道为什么自己会因为这个导火索而生气。

　　有人问我："男朋友不及时回复我的微信，我就会很着急很生气怎么办？"通常这类问题的潜台词可能是："如何让男友及时回复我的微信？"但在解决这个问题前，我们可以先问自己："为什么会因为男朋友没有及时回复你的微信感到生气？"我们到底在气什么？你的剧本是什么？

　　"他情人节没有送我玫瑰花，我很生气。"

　　"他今天没有给我打电话，我很生气。"

　　"他和别的女生发微信，我很生气。"

　　没有送花，没有打电话，这些其实都只是"导火索"而已，并不是你真正生气的原因。每次生气的导火索都非常明显，而其实每一个导火索背后都有一个你的"信念"。你并不是因为他没有送你玫瑰花而生气，而是因为：你有一个坚定不移的信念。

　　你认为："情人节必须送玫瑰花""必须每天打电话""不能和

别的女生发微信”，这些才是正确的表达爱的方式。这种信念通过长期的积累深深地埋藏在你心里，你认为这理所应当，它们已经成了毋庸置疑的真理，而你从未怀疑过这些是否真的是普世的“正确地表达爱的方式”。所以，如果爱意没有通过你期望的“正确方式”表达，就打破了你心中的剧本，从而激起了你的怒火。

我们从小看了太多“剧本”：从灰姑娘和白马王子，到父母的琐碎生活，亲戚邻里七大姑八大姨的八卦，而那些最吸引人的桥段总是让人过目不忘。

想一想你对他的不满，是不是都因为他没有配合你演出你想要的剧本呢？更深一层的信念，就是你会将“配合演出”等同于“爱意的表达”。很可惜，你的男朋友并不是个好演员，他只是一个有着缺点的、不完美的普通人罢了，或许他对于爱意的表达方式并不符合你的“剧本”，但他确实是爱你的。

☆冰山模型

前文提到，我们的情绪就像冰山一样，行为是感觉的外显形式，而背后埋藏的是信念，信念由于人生经历的不同而有所差异。

举个例子。女生因为男朋友不肯轮流洗碗而生气，是因为她有着“男生如果在乎女友的话就应当分担家务”这样的信念，她有这样深刻的信念是因为她自己的父母是轮流刷碗的。而她男朋友家里都是母亲洗碗，所以她男朋友认为，如果女生爱他，就应当洗碗。

不同的经历产生的不同的信念在这里发生了冲突。

看到这里，大部分人都会说"我觉得女生是对的"，或者"我觉得男生是对的"，总要选一边进行支持，并且通过大量自认为的"有逻辑的理性理由"来进行论证。吵架时也会摆出例子来："×××和×××也是这样的，你怎么不理解呢？"

向人求助时往往会说："你来评评理……"

但是你需要提醒自己的一点是：你的伴侣不是你的辩手，感情里争论输赢是没有意义的，"胜利"并不会带来关系的改善。大部分的信念没有对与错，只有是否互相认同。你的信念只是一种观点，并不是真理。

☆ 如何改进？

"剧本"或者"信念"本身并没有绝对的对与错，根本还是在于两个人是否契合。

找到信念完全契合的人非常困难。或许有，但你要花上不知多久的时间去寻找，如果你愿意找，大可跳过这篇文章。对大多数人来说，双方发生争吵后，好好坐下来，使用冰山模型，互相理解，相互让步，才是正解。

第一步：正三观

你的伴侣并不是你的辩友，争输赢没有意义。可以通过改变固有信念，从而改变情绪的触发点，接着改变行为而使关系变好。

第二步：使用冰山模型了解自己，了解对方

每一次吵架之后都主动和对方沟通，使用冰山模型了解自己，了解对方的信念以及这个信念的原因，不要攻击对方的信念"错误"或者之前的经历。

第三步：心愿单工具

可以使用心愿单互换这样的小工具来解决"谁让步"这样的僵局。用一个长期心愿换另一个长期心愿，一个短期心愿换另一个短期心愿。结合冰山模型记住对方每个心愿背后的信念。比如：李雷想让韩梅梅做红烧肉是因为李雷觉得韩梅梅的红烧肉做得很好吃，每次吃的时候都感觉很幸福。

需要注意一点的是，这个小工具需要灵活使用，不要把它当成功课，它只是一个工具，用来帮忙厘清你究竟要什么，对方如何帮助你，你又如何帮助对方。

你的情侣冲突属于哪种类型?

冲突是情侣沟通的正常部分,冲突并不一定代表感情不好。约翰·戈特曼对冲突类型做了很多研究。他发现情侣间的冲突可以概括为三种类型。

波动型:目的是"吵架一定要占上风""一定要让他/她明白自己的错误,俯首称臣"。哪怕一点点小事都会提高嗓门,仿佛这是一场比赛。这也是大多数情侣冲突类型。

回避型:这种类型不一定代表冷战。但就是会回避敏感问题,如果有人不开心,或者觉得矛盾出现,双方就会停止讨论,都想降低吵架概率。

效用型：这些情侣遇到不同意见的时候会合作地管理冲突。有不同意见的时候会表达自己的情绪但仍然会用文明途径解决，仔细倾听对方，然后一起寻求问题的解决方案。效用型明显是最良好的沟通方式，研究显示，使用这种沟通方式的情侣对关系的满意度大大高于其他两种类型。

但很有意思的是，在情侣关系的背后有一个更大的秘密。为什么很多经常吵架的波动型情侣也会对关系的满意度很高呢？大家请记住一个神奇的比率——5∶1。

只要恋人之间的积极互动，如微笑、示爱、抚摸、赞美等，超过消极互动的5倍，即使你们的冲突类型是波动型，也能够有很好的关系。所以，看到这里，赶紧给你那位笑一个吧。

☆冲突频率高的原因？

1. 人格

人格分类中，坏脾气的人可能会被归为"高神经质"的人，好脾气的人被称为是"低神经质"或者"随和性"的人。生活中肯定有一些人特别爱生气，为了小事暴跳如雷。所以如果你或者你的另一半是这样的性格，冲突频率升高在所难免。

2. 依恋类型

成年人的依恋类型有安全型、痴迷型、疏离型和恐惧型。痴迷型（表现为容易嫉妒和吃醋，黏人）和恐惧型（表现为担心、多疑，喜欢冷战）的人在冲突发生时对关系所造成的损害要大于安全型。注意：依恋类型也有其他分类方式。冲突越多，依恋焦虑会越强。所以如果你自己有这两种表现，记住，你每一次和对方发火、吃醋，都是在你们的关系上又砍了一刀。

3. 生命阶段

冲突的频率和年龄也有关系。所谓"年轻气盛"，在18—25岁的大部分情侣冲突明显较多，并在25岁的时候达到顶峰，之后会在老年期变得非常平静。所以，很多年轻时候打打闹闹磕磕碰碰的欢喜冤家，到了老年的时候可能会觉得关系有所改善。

4. 相似性

经常会有人问："到底是找和自己像的人还是找和自己不像的人？"数据告诉你，事实就是越和自己一致的人，在进入关系后冲突越少。相似性首当其冲就是三观一致，然后是期望以及生活方式，这些方面的一致性能够大大减少冲突，并且提高关系满意度，婚后生活会更加幸福。

☆幸福和不幸福的情侣差异何在？

责任归因是个非常重要的因素。这里包括责任的内部归因和责任的稳定性归因。说白了，就是双方都可以认识到自己有一部分错误，并且愿意通过双方努力纠正这个错误。相反，只要有任意一方拒绝解决问题，认为"都是你的错""这日子没法过了"的时候，这日子就真的没法过了。

这和依恋类型一样，一旦开始"都是你的错""你怎么不想想你自己"的时候，婚姻满意度下降，然后责任归因也会全部变成"都是你的错"，如此恶性循环。但如果有一方可以冷静下来，这并不是让你一味无理由认错，而是需要冷静下来，让对方先意识到这件事是可以解决的。

1. 认识到自己的问题。

2. 相信一起冷静讨论一定会有解决方案。

作为另一方，如果对方冷静提出互相都分析一下原因，请你也不要拒绝，这是你们关系优化的第一步。请给自己留条活路。

☆小作业

1. 把这篇文章给你的另一半过目，如果你是给出文章的一方，请你先和另一半道一个曾经不想道的歉，想一想对方的优点，并且对他/她表示感谢。然后和他/她一起来讨论一下你们之间的冲突大多属于哪种类型，这会对你们的关系大有帮助。

2. 如果你收到了他/她发给你的这篇文章，那么恭喜你，你的另一半很爱你，愿意和你一起改善关系。所以，一定要接受他/她的道歉，同时，认真看一下这篇文章，找到自己的不足，并也和他/她道个歉，想一想他/她的优点，并且对他/她表示感谢。

3. 今天在你想发脾气的时候，把说出来的抱怨句子改为一个积极的句子：累不累？想你啦！

4. 对每一次对方的积极行为一定要有积极响应，让良性循环建立起来。双方都要如此，否则这个练习是没有意义的。

恋人相处到底应不应该 AA 制?

在此事上，我经历过三个阶段，可以给还没考虑到 AA 制潜在负面影响的同学以参考。

第一个阶段:"一定要 AA!"这个阶段是在我 18 岁刚开始恋爱的时候，满脑子是"女权""独立"。一定坚持 AA 制，绝对坚持 AA。那时因为在上学，双方都是花父母的钱，所以感觉没什么。

第二个阶段:"AA?"直到谈了一个前男朋友，动摇了我对 AA 的想法。说几件很小的事情。我得了睑腺炎，这位同学正好在校外，我打电话让他帮我带个眼药膏。他送来了，一块五一支的眼药膏，连同他打的一张发票。"一块五。"他说，示意我给他钱。然后我给了他两块，他说他没钱找，明天给我五毛，我说不用找了。这个场景我一直觉得哪里让人非常不舒服，是哪里呢？我也不知道。确实是严格ＡＡ啊，这不就是我的原则吗？为什么我会觉得不舒服呢？

后来又有一件事。他叫我一起吃烤羊肉串。吃完后，他开始数签子，把我的分成一摞，他的分成一摞，然后叫老板来埋单。没错是ＡＡ啊，但为什么我就是会觉得不舒服呢？到底是哪儿不舒服呢？

第三阶段："ＡＡ并不是原则，互相体谅，价值观相符才是。"我另一个前男友曾经给我讲过一个他外婆的故事。还是外婆年轻的时候，家里四个孩子。农忙的时候地里有活儿要做，外公就对她说："你也和我一起去地里吧。我希望你可以像个男人一样干活。"外婆看着四个孩子说："好啊，但如果你希望我像男人一样干活，我也希望你可以像女人一样干活，这里有四个孩子要带，我去田里干活，你来带他们吧。"后来他外公再没有对外婆说过类似的话。

再来看ＡＡ制，年轻时双方收入差距不大，ＡＡ制的负面影响并不显著。当年龄变大，你会发现通常家庭收入高的会是男方。女生不可避免要经历生育阶段，客观来说大部分都会对事业造成影响。加之择偶价值观，女生一般都爱找比自己能力强的，不是高富帅也至少希望是"黑马"（一些所谓"女权主义"的女生，说到底又有几个愿意找能力比自己差，收入比自己低的男友呢）。

一旦收入差出现，加之有孩子和双方父母要供养，你们公摊费用要AA吗？你一个月收入5000元，他一个月收入40,000元，然后孩子学费、家庭开支AA，一半对一半，占了你收入百分之五十的钱却只是他的一个零头。他依然过得很滋润，而你却开始算自己到底能存多少钱，买衣服开始节省，开始和自己斤斤计较。

然后你独立，不要老人带孩子，不放心保姆，事业上又"不服输"。接着你就带着孩子拼着事业憋着眼泪攒着钱，每天累瘫到家里，看着那一方撒手大掌柜喝着小酒、抽着烟、炒炒股票，你怒火中烧，说："你就不能帮我带带孩子吗？"另一方愿意帮忙啊，但当你看见他连块尿布都不会换，喂奶都让孩子呛到的时候，你还想让他带吗？

理论上男人不擅长做的事，不会做是可以学没错，但实际上可操作性真的很高吗？尤其是男方进入事业飞速上升期，女方也通常会体谅"工作这么忙，家里的事就我来做吧"。

　　你告诉我，有多少女生面对这样的场景能够觉得"非常幸福"？这是你要的"公平"？这是你要的"独立"？这是你要的"女权"？不要小看恋爱期的ＡＡ，它的后作用力非常大，习惯会一直被带到婚后。还是那句话，理论上习惯可以改，什么都可以变，但实际操作起来却往往并不尽如人意。

　　"男女平等"不是"男女平均"。男女平均的女权是伪女权，它让女人的"义务"变多而"权利"变得更少。正视男女差异，和平共处，互相尊重彼此的意愿，让双方都可以得到最大化的平等，而不是平均，比摆女权姿态喊口号更重要。

　　我的观点和建议是：

　　两人价值观相符最重要，两人有个共同认可的"社会契约"模式就行，无所谓ＡＡ与否。如果你碰上不停花你钱的姑娘，你愿意为她大出血你就出呗，只要你觉得高兴就好。你觉得不爽她又不愿意改，那就分呗。

Chapter

5

情商养成指南

虚假圆滑并不是情商高的表现，而很有可能是情商低的表现。

正确认识"情商"是什么

我一直都不是个情商很高的人，在青春期很长的一段时间里，我甚至是一个低情商的人。

我不能够准确地识别也很难控制自己的情绪，同样不能够很好地识别他人的情绪，不知道自己说出去的话会造成什么后果。

我的人际关系非常差，但自己并不知道关系差的根本原因，还以为是因为我太"叛逆"造成的。

后来无意中看了很多书，才知道"情商"这个东西，意识到了自己之前的诸多问题，开始慢慢调整自己，虽说总不能做到尽善尽美，但是在这么多年的调整中，自己的情商确实已经要比以前好太多太多了。

"情商高""情商低"这两个词经常被人挂在嘴边，但是大部分人都不知道"情商"到底是指什么，对情商也有很多误解。

☆ 对于情商的误解

大众对于情商的定义不尽相同，下面就是3个对情商的普遍误解。

误解1：情商高就是让所有人都喜欢

有一个网友问我，宿舍里有个同学一直不经他同意，洗澡的时候直接用他的洗发水，除此之外其他方面关系还都不错。但当他说明他不愿意让那个同学借用洗发水后，被那个同学指责"太小气"，并且不再和他说话了。

这个网友很苦恼，问我："这么做是不是显得情商很低，情商高就应该大人有大量把洗发水借给那个室友用？"

我："你觉得是他不和你说话难过还是一直用你洗发水难过？"

网友："都挺难过的。"

我："那哪个更难过呢？"

网友："非要选的话可能用我洗发水更难过一点吧。"

我："如果再次拒绝的话，你觉得你有办法不让他用你洗发水而且还和你说话吗？"

网友："我觉得不管我怎么说，他应该都会因为我不给他用洗发水而生气的。"

我："所以你觉得重新再来一遍的话你还会拒绝他吗？"

网友："会。"

我："现在还觉得自己不借别人洗发水就是情商低吗？"

网友："不觉得了。"

我们在生活中会碰到很多"得罪人"的事情，即使不得罪人，也并不会每个人都喜欢你，甚至你无意间的一个眼神都会引起一些人的反感。

遇到这种时候，用不着过度担心别人讨厌自己是不是因为自己"情商低"。

学会合理拒绝、合理表达自己的不悦，是你应该有的权利。当这些"得罪人"的行为是在你的意识内，你知道会有什么后果，并且愿意承担后果的时候，你的情商是在线的。

误解2：我不喜欢的就是情商低

很多时候，我发现有人和我抱怨另一个人情商低的时候，通常都是因为两人之间发生了一些冲突，双方对于彼此都有着其他期望，而对方却并没有实现自己的某种设想，或者做出了意外的举动。

比如刚才说的那个例子，被拒绝用他人洗发水的那位室友很可能就会觉得那位网友"不就是一点洗发水吗，至于吗？情商太低"；而被借了洗发水的可能会觉得室友"怎么不经别人同意用人洗发水啊，情商真低"。

这是因为两人之间没有达成一个共同认定的"契约"，对于个人边界的理解不同。而双方都没有明白彼此的个人边界在哪里，也都没有同理心，就会互相觉得"情商低"。

又比如"他怎么会说那种话，真是情商低"，又或者"说两句就生气了，情商真低"。

如果前者知道自己说的话会让对方生气，但达到了自己的某种目的，前者的情商不能算低；同理，如果后者表达出的愤怒可以让前者以后不要再说"这种话"，那么后者也达到了自己的目的，并不能算是情商低。

但如果是说了一些话，没有想到结果会变成那样，或者发火后就后悔了，觉得自己不该发火，这些才是"情商低"的表现。

误解3：情商高就是虚假圆滑

我在知乎上写过一篇关于推荐提高情商的书籍的文章，后来收到一封私信，发件人非常气愤，他说："都是你们这些人，让大家变得这么世故圆滑，我们这些真诚直率的人就越来越难过。"

这也是典型的对"情商高"的误解。虚假圆滑并不是情商高的表现，而很有可能是情商低的表现。

另外，这位发件人理解的"真诚直率"也很有可能并不是字面意义上的"真诚"和"直率"。

很多人会把想哭就哭、想笑就笑、想骂就骂、毒舌等作为"真诚直率"的反映，这些行为从某种意义上来说是失控的。

想一下幼儿吧，不开心了就号啕大哭，因为他们缺乏自控能力，不知道如何调节情绪，也并不知道自己这种情绪表达会给他人带来什么样的影响。但因为他们是幼儿，大家能够理解这种行为，因为他们大脑发育还没有完成，并且还没有接受过教育。

然而当你已经成年，大脑发育完全的情况下，再如同婴儿一般，以自己为中心，干扰他人的情绪和生活，并且不能意识到这样会干扰到他人，这就真的是某种意义上"情商低"的表现了。

☆什么是情商？

丹尼尔·戈尔曼将"情商"这个词在大众领域普及开来，被称为"情商"之父。如果想系统地了解什么是情商及如何改善，推荐阅读他写的《情商》一书。

在书中，戈尔曼将情商分为五大类，自我意识、管理情绪、自我激励、识别他人情绪、处理人际关系，我们每个人在每个类别上的擅长程度都各不相同。

自我意识

自我意识是基础，即能够准确意识到自己当前或者某一时刻的情绪，以及知道这个情绪是如何产生的，甚至这个情绪产生的根本原因是什么。

很多人觉得自我意识是个很简单的事情，但是并不是这样。

大家说的"无名火"就是一种自己意识不到自己生气原因的表现，意识不到"无名火"的原因，也就很难去管理自己的"火"了。

直到现在为止，我对自己情绪的自我意识、自我表达，以及意识哪些情绪需要调整，都做得不是很好。

这一点在述情障碍患者身上尤为常见，他们可能会哭，但是不知道为什么哭，同时在高兴的时候可能也感受不到非常高兴。

管理情绪

我们平时说的"脾气太大了，一点就着"或者"像个孩子一样，一说就哭"，大家可能会觉得这更像是"性格"的一部分，比如"暴脾气"和"哭包"。

其实这些都与情绪管理有关，也与情商有关。

很多人能够意识到自己的情绪，比如忧虑、愤怒，但是并不能很好地对其进行管理，这样就会造成持续忧虑，愤怒时无法平息，心灵受到创伤时难以恢复。

自我激励

自我激励是一种延迟满足和抑制冲动的情绪能力。

对于开心的事情就抑制不住地去做，不考虑后果；愤怒时不经思考的一些举动可能会让自己后悔很久。

这些都是缺乏抑制冲动的表现。

能够为了实现某个目标而控制好自己的情绪，就能够使得精力集中在事情本身上而不被干扰。

记得在宫本武藏的传记中有一段讲宫本武藏和另一个剑术师比剑，宫本武藏知道对方是个特别容易被激怒的人，于是就开始尝试激怒他，结果对方就中招了。原本两人水平不相上下，但因为对方愤怒的时候无法很好地控制用剑，就败给了宫本武藏。

从局外人的角度来看，这个容易被激怒的剑师的行为是不理智的，但是其实我们自己不管在工作还是生活中，也经常发生因为情绪难以控制而偏离目标的事情。

比如夫妻之间吵架，可能只是为了解决一个小问题，最后因为两个人都不善于控制情绪而变成了家庭大战。

时刻记住自己的目的，不要因为情绪而节外生枝。

识别他人情绪

我们日常中所说的"会看脸色""听话要听音""有同理心"和"会换位思考"等，都是指识别他人情绪的能力。

这种情绪能力是社会交往的基础。能够准确识别他人情绪，有同理心的人更有可能处理好人际关系。

而那些我们经常说的"没眼色"的人，缺乏这种情绪能力，无法察觉别人不悦的情绪而终止做某事，比如那位不经人同意就借用洗发水的同学，可能就完全没有察觉别人的不乐意。

而拒绝他的那位同学可以识别到对方被拒绝后的不高兴，还会想办法去处理，虽然结果并非十全十美。

处理人际关系

这部分和上部分都是大众所理解的"情商"，都是在人际交往过程中所表现出的能力。

但是通常大家都忽略了前三种能力对后两种能力的影响，如果做不好自我意识、管理情绪和自我激励这三方面，那即使识别到了他人的情绪，可能也会做出不妥当的举动。

比如明明知道说某句话对方会生气，两人关系会有裂隙，却为了"撒气"，控制不住自己的情绪而说了这句伤人的话，说完了又为事情的结果懊恼不堪。

所以情商的各方面都很重要，处理人际关系是一种情绪能力的综合表现。

☆ 如何提高情商？

网上流传的很多条条框框，比如"别人给你发信息要及时回复"之类的都是没有上下文和前提条件的，盲目照做不仅陷入教条，还可能造成更多的困惑。

我们总是急不可耐地想"速成"，指望今天学了明天就变成情商高手，这是不可能的。

大脑的改变并不是一两天就可以做到的，控制情绪的能力的培养并不是精神上的，而是大脑长期训练后的结果，不可能一蹴而就。

接下来会讲到如何从根本上提高情商，可以有依据地慢慢训练自己，而不是背一些没有依据的经验和教条。

情绪化的人如何做好情绪管理？

一个30多岁的女生发私信向我求助，说周围人都不喜欢她。

她觉得周围的人都特别世故，她单纯善良心直口快，像她这样的性情中人为什么不受人待见，为什么一直都不能升职，男友也接二连三都和她分手了。她是不是也应该变得世故一些，合群一些才受人欢迎？但她又觉得这样丧失了自己的本性，不知道该怎么办才好。

"这个社会太复杂了，单纯的人太少了。"她说。

我曾经也和她一样有着这样的困惑，是一个别人眼中的"大龄熊孩子"。

当朋友说"我又胖了"的时候，我会说："你是该减肥了。"

别人伤心流泪的时候，我会说："这么点小事，至于吗！"

当别人吹嘘的时候，我会毫不留情地戳穿对方："装什么装！"

如果别人不听我的劝告而出了错，我会幸灾乐祸说："让你不听我的。"

我觉得我说出了别人都不敢说的话，我是正义的，周围人讨厌我是因为他们虚伪，他们不可理喻，他们被社会荼毒了，丧失了小时候的直爽率真。

但同时，"为什么别人都不喜欢我？"这句话一直都困扰着我。大家为什么都宁愿喜欢"虚伪"的人也不喜欢真性情的我？

我的人际关系越来越差。直到我周围的人都不愿意理我，我才意识到了问题的严重性。

☆情绪不受控？你遭到了"杏仁核劫持"！

作为职业"大龄熊孩子"，我们通常会被自己的负面情绪绑架——苦恼、愤怒、冲动等。而这些情绪是我们大脑中一个叫"杏仁核"的部位产生的。

杏仁核所产生的负面情绪本来是为了保护我们的生命而存在

的，因为这些情绪产生的诸如逃跑、攻击等行为在一定程度上是保命手段，但社会发展后很少需要用到"保命"手段，所以它更多时候反而变成了一个让人困扰的功能。

但杏仁核在大脑中的地位仍然非常高，一旦"发作"，可以瞬间控制其他区域，这就是我们说的情绪失控。

你自以为的率真归根结底只是一种不受自己控制的行为。而不受自己控制的行为会给别人带来伤害。

想想那些让人讨厌的"熊孩子"吧，不正是保持了孩童本性最好的例子吗？你觉得这样美好吗？

做一个"熊孩子"可是非常容易的事情，任何人都可以，因为这完全不需要努力，只需要你由着性子想说什么说什么，想做什么做什么。

幼儿因为自我控制能力较差，成年人能够理解他们不受控制地大闹情绪，所以他们也不会因为自控力差而受到过多指责。

但当你由一个低龄熊孩子变成一个大龄熊孩子的时候，周围的人可再也不会把你当成小孩一样看待，因为你已经是一个可以控制自己情绪和言行的成年人了。

你所谓的"率真"不过是对"任性"和"自私"的美化。

☆挣脱"杏仁核劫持"

很遗憾的是，情绪的激发、情绪的大小都很难受到我们自己的控制，一来生理和遗传因素本身就难以改变，二来我们长期积累的一些信念也很难改变。

所以并不能说你容易生气就是情商低，容易伤心就是情商低，因为"生气"本身是很难控制的，有些人就是要比其他人更为敏感。

这并不意味着我们就只能任由它摆布了，因为生气造成的言行——"发火"——是可以控制的。我们可以通过认知调节来和杏仁核做斗争。

我们大脑的前额叶就是掌控我们"自我调节"功能的部分，而前额叶是可以通过训练完善的，让我们可以进行有意识地自我控制。

第一步：要怪就怪杏仁核

每次意识到自己在生气的时候，一定要记起你生气是因为杏仁核开始工作了，它开始劫持你大脑的其他部位了，你要让它得逞吗？你一定不想。

这就是改变认知的第一步，也是最最重要的一步。只要意识到了生气不是你想生气，而是杏仁核这个家伙在捣乱，而你要做的就是不要让它得逞。这样你就很容易继续往下一步走了。

第二步：知道促使杏仁核工作的原因

我们的言行是情绪的外显，情绪是你信念的外显，而信念则是由你的基因以及过往的教育和经历造成的。我们的基因和过往的经历带来的信念，在我们的大脑里编写了一段程序，只要一经激发就会启动。

比如，小时候被教育床上不能放杂物，每次把东西往床上扔的时候妈妈就会很生气。于是长大了，看到别人往床上放杂物的时候就会觉得不舒服，想发火。

第三步：知道别人的杏仁核工作原因和你不一样

了解自己的杏仁核为什么会被激发以后，同样，你也就知道了别人的杏仁核为什么会被激发。

每个人不同的经历都会带来杏仁核不一样的工作原因，有一些是相同的，有一些是不同的。

还是拿刚才的例子来说。可能别人在床上扔杂物激起了你的杏仁核工作，然后你就气鼓鼓地苦口婆心地教育别人这样不卫生，而对方的杏仁核被激活则可能是因为认为说教是对他的侮辱，然后大战一触即发……

第四步：忽视"对错"，重视"目的"

我们最容易犯的错误就是要和别人"争对错"。但大部分的事情，首先没有绝对的对错可言，其次也没有意义去争论。

看到别人放杂物，不要用自己的标准去妄论"对错"，试图说服别人。你要关注自己的目的，你的最终目的是不要让自己再因为别人这种行为感到不舒服。清楚自己的目的，你才能知道下一步采用什么解决方式更好。无论是打算继续忍着，还是和对方沟通，你都知道你并不是为了争对错，而是为了能够解决这件让你不悦的事情。一个人长期养成的习惯是非常难以改变的，你和对方沟通的目的如果是让对方改变固有习惯，绝大多数时候会失败，失败还好，如果对方因此对你产生了不满，你其实是在给自己找麻烦，我想谁也不希望出现这样的结果。

☆推断自己言行产生的后果

大多数不受自己控制的言行在说之前应该都没有被意识到为什么要说。

举个开头提到的例子。

如果别人不听我的劝告而出了错，我会幸灾乐祸地说"让你不听我的"。

其实大部分人说这句话的潜意识目的是想得到对方的肯定，获取一种认同感，以及希望对方之后可以听取自己的意见。

但通常在说这句话的那一瞬间，我们是意识不到自己有这样的需求和期待的。

但如果你换位思考一下，一个已经出了错的人，他更关注的是如何弥补过错以及平复自己的挫败感。"让你不听我的。"这句话既不能让对方弥补已经犯了的错，更不能平复其挫败感，反而会让对方的懊恼加重，也会给他增加负面情绪的信息源而使其产生负面情绪，或许你下一次给他建议的时候他会采取赌气的"偏不听"的态度。

你觉得对方会因此感激你吗？用脚指头想也知道对方不会。

此时最好的做法是安慰对方，替对方支招，缓解对方困难的处境。这样对方才会真的肯定你并且认同你，下一次说不定就会听取你的意见。

所以如果你打算开始自主控制自己的言行，可从以下方面做起。

1. 经常反思自己说话的目的；

2. 换位思考，推测别人听到你这句话后的反应是否和你想达到的目的一致；

3. 换位思考，设想如何让别人的反应符合你的目的。

和冰山模型一样，我们可以先从经常会发生的一些别扭开始梳理复盘，这种案例积攒得越多，模拟训练得越多，在下一次发生类似情况的时候你就越是能够有意识地去掌控自己的言行，最后就会养成自己的言行习惯，即使生气也不会言行失控，最终让事情朝着你想要的方向发展。

☆良好控制言行不是做"老好人"

很多人会将"控制言行"极端地理解为"不发火"。这是不正确的。能够正确恰当地表达不满，让这种表达方式发挥作用并且为你所用，有何不可？

举个例子。如果你碰见欺软怕硬的人，比如，宿舍里有个同学经常不经你允许就用你的私人物品，你几次三番好言相劝都不管用，似乎只有发火才能解决问题，那就发火吧。但仍然需要注意控制发火的度，因为越发火，杏仁核可能工作得就越开心。如果打一架才能解决问题，那就在安全范围内，打一架吧。

你注意到了吗，这里所说的"发火"是有目的性并且受控的，而不是被杏仁核牵着鼻子走。

情绪和言行都只是工具，不要让你的工具控制你的命运，成为你生活的阻碍。

当然，你也可以继续保持你的率真天性，承担别人对你的不满，这也是一种对自己人生的选择和控制，并无对错。

有时你需要学会"对人不对事"

有一天我接到一个电话，一个朋友非常愤怒地描述了她和她室友之间的各种矛盾，大都是一些生活习惯上的不同，最后说："你评评理，到底是我对还是她对？"我回复她："你可能需要'对人不对事'。"

对，你没有看错，是对人不对事，而不是"对事不对人"。这里说的"对人不对事"，是指遇到问题或者冲突，多从"人"的方面考虑如何解决，而不单单就事论事。

许多刚从校园迈入社会，还有一些即使工作了很多年的人仍然不明白一件事：大部分的事情，分清谁对谁错，对于解决问题没有任何意义。我们小时候被教导太多要判断"对错"，在幼年时期，家长和老师更多的是简化教育沟通，以简单的"对错"来评判我们的行为，而很少教育我们"不对"的原因是什么。

"你不可以打其他小朋友，你这样做是不对的！"

"你要早点睡觉，不早睡是不对的。"

于是我们也习惯性地以"对错"这个维度来评判别人的行为，而不去考虑"对错"背后的意义，其实是每个人不同的需求和价值观之间的冲突。

就拿室友矛盾来说，很多生活习惯上的差异导致的生活上的互相影响本身就很难说谁对谁错。比如，你觉得熄灯前必须睡觉，但是室友觉得熄灯后也可以活动，你睡觉不让他活动，影响了他的自由，而他活动却影响了你的休息。他可能觉得晚睡没什么不好的，而你觉得每个人都应该早睡。硬要说谁对谁错，按照不同的角度和标准做参照，结论可能都不一样。

因为考虑"对错"，反而阻碍了我们对问题的解决，甚至加深了矛盾。

例如，如果你是一个早睡的人，偏巧进了一个其他人都是夜猫子的宿舍，熄灯前你就早早到了床上睡觉，而其他人还在嘻嘻哈哈，打游戏的打游戏，自习的自习。每个人在被别人打扰睡眠的时候心情总是不那么好，这个可以理解。但往往因为心情不好，迁怒于打扰你睡眠的人，而忘记了你本身的目的，最后目的变成了非要让别人认错，让别人闭嘴。

当你内心的默认目的不是解决问题，而是让别人认错的时候，你相应的行为也会发生改变，所有的行为都会围绕着想怎么让别人认错而开展。

你可能会向他们抱怨："这么晚了都熄灯了，怎么还不睡啊！"你的抱怨可能会让他们觉得你是错的，因为在他们的角度里，对错的评判标准可能是"符合大多数人的利益"。

"我们这么多人要活动，谁让你睡那么早。"

于是双方非但不能解决问题，反而恶性循环结下仇恨。

想要解决问题，必须明确你的目的，你的目的是满足自己的需求，而不是争论对错。

拿这个例子来说，你的目的是可以睡个安稳觉，妨碍你的是噪声，那么如何消除噪声呢？让噪声源不发出声音是一种办法，让你的耳朵听不见是另一种办法。第一种是让别人改变，第二种是改变自己。想让别人改变来满足你的需求，考虑一下他人改变的成本和可能性，和你容忍的成本和可能性。

坐下来好好聊一聊，告诉别人你的需求所在，看双方是否可以互相做出一定的让步。比如，晚睡的人可以晚睡，但是不要发出太大声音，早睡的人也可以自己买眼罩和耳塞。双方都不愿意妥协，换宿舍也是解决问题的办法。此时，和平地离开不是逃避，而是一种解决方法，好聚好散不伤和气，这不是要比吵到头破血流再换宿舍要好得多的办法吗？

现在，想一想你最近和别人起的冲突：你本质上目的是什么？你是怎么通过行动处理的？你的处理方法效果好吗？如果不好的话有什么更好的处理方法吗？

你说过这句"低情商常用句式"吗？

一个很久都没有联系并且不怎么熟的大学同学，突然在朋友圈给我留言，并且将自己的微信头像换成了我的微信头像（我的头像是进化论办公室的猫"发票"）。这是一张我自己拍的私人照片，并不是网图，如果是网图我当然不介意。

她留言说："你的头像太好看了，我太喜欢了，就不经你同意使用了啊。"

在我拒绝她以后，她依然在使用我的头像，于是我和她说："我很介意你这样用我的头像，能不能麻烦不要这样使用？"

然后她非常委屈地说："我只不过是喜欢你的头像而已啊，用一下怎么了，没想到你还较真了。"

当时我心里跑出了无数个句式：

"我只不过是喜欢你的钱而已啊，用一下怎么了，没想到你还较真了。"

"我只不过是喜欢你的饭而已啊，吃一口怎么了，没想到你还较真了。"

…………

回想起来，这个句式真的似乎能够很频繁地从一些同学嘴里听到。我的一个熟人经常喜欢乱开玩笑，有一次在年会上，对空降到公司的自己新上任的顶头上司说："哈哈哈，你长得好像王宝强。"当同事提醒他这样说不妥时，他却说："我只不过是开个玩笑而已，他不会这么较真吧。"

我只不过……没想到你还较真了。

这句话其实我也说过。我曾看到一个朋友在朋友圈里发了关于墨镜选择的内容，因为恰好那段时间我在对这方面进行研究，所以就忍不住好为人师地在底下指出了他在形状选择上的几个错误（这里再提醒一点，好为人师的态度是会让人很不爽的，尤其是当对方也是好为人师的人时）。之后我又在他另一条朋友圈底下指点了另一件事情。此时他大概也是忍无可忍了，就将我拉黑了。

我当时就给我们俩的共同好友发了一条微信，我清晰地记得我也用了相同的句式："我只不过是指出了他发的内容有错误，没想到他还较真了。"

暂且抛开我的指点是否有错误不说，别人开开心心分享了一些东西，你总是跑到人家评论区评头论足泼冷水，看似"认真理性"，其实就是丝毫不关心别人情绪，只顾自己一时不吐不快。虽然之后给那个朋友写过私信道过歉，但为时已晚。现在想起来，真的觉得非常不好意思，再次给他道个歉。

我只不过……没想到你还较真了。

这个句式看似简单，但是表达了两层含义：你无法判断你的行为会给他人的情绪带来怎样的影响；你没有挽回他们负面情绪的能力。

在做事和说话之前，是需要考虑别人的情绪的。大部分人都会以己度人，而忽视了个体差异性。以己度人还算是好的，己所不欲还想施于人就更加不妥。

我们经常忽视掉的一些会给别人带来不悦的行为，和我们生长的环境有很大的关系。比如，有些地区或者家庭并不觉得吃饭发出声音是一件影响他人的事情，而有些地区和家庭则认为这是非常不礼貌的行为。

我们成长的环境一直在发生变化，去了新学校，去了新公司，一切都和你熟悉的环境不一样了，你需要学习和适应新的环境。这就是为什么许多人换了环境以后会有人际关系等各个方面的不适应症状。

如果在一个人人吃饭都会发出声音的环境里，自然你也可以发出声音，但是出了这个环境，你再理直气壮沿用之前的习惯，并不是不可以，只是被别人指责后你是否还能很开心呢？

当人与环境发生冲突时，没有对错，但是你可以选择对你来说最好的解决方案，你可以选择忍耐，你可以选择离开，你可以选择改变环境，也可以选择改变自己。

四种方法各有利弊，具体问题也要具体分析。如果你不想忍耐，也不想离开，改变环境又太难，就只能改变自己。

后天的自我教育和调整是弥补先天不足的最好的方法，并且也是切实可行的。

最简单的做法：到了一个新环境，不了解别人的时候尽量减少三种行为：

索取（物质、信息）

玩笑（和对方相关的玩笑）

评论（某人，某群体）

这三点是最易犯的。比如，我遇见过刚见面就随便吃我东西的，还有上面那位和新上司乱开玩笑的，还有人胡乱评论宗教，结果对方正好是信徒……

再说第二点：没有挽回他们负面情绪的能力。当别人已经表示了生气的情绪的情况下，你应当认识到自己的行为冒犯了别人，而不是指责别人不应该生气。

没有无缘无故的怒火。

怒火不是靠火上浇油熄灭的。

别人已经很生气了，你还要再补刀一句"没想到你较真了"，这非但不能解决任何问题，还会让别人更加反感。

情商低的人通常会觉得"都是小事，干吗那么认真"，所以就有了合理化的理由不在乎他人正常的情绪，认为他人小题大做。

但不要忘了，人的情绪是非常敏感的，哪怕是一些细小的事情都会影响到人的情绪，一句暖心的话可以让人开心一整天，一句风凉话可能会让人暴跳如雷……这些人类存在的客观情绪，并不会因为你觉得是"小事"而有任何变化。

与其掩耳盗铃，被他人误解，不如学会理解他人，与人为善也与己为善。

高情商无法一日养成，并且培养情商一定会很困难很累，因
为你正在跨出你的舒适圈。所有的能力都离不开练习，练习当然
辛苦，不可能轻松就完成。

当然，你也可以停留在原地，开开心心地在自己的舒适圈里
待着，仍然是小公主，全世界都宠着你。大不了在别人不开心的
时候说一句：

"没想到你还较真了。"

为什么别人不愿意帮助你?

一般我们的认知是:"你对别人没有价值,为什么别人要帮助你呢?"但我其实有一些不同的看法,你们可能也会有这样的体会和经历,只是没有意识到。我想说的是:"有一些人,虽然对别人没有好处,但是别人就是想帮你。"

为什么会这样呢?其中有"人"的原因。

你也一定会发现周围有些人特别容易得到他人的帮助,同样都没有什么资本交换,一些机会却偏偏倾向于他们,而另一些人就很容易撞墙,谈十个能成一个就很不错了。

其实这也是做PR(公关人员)、BD(促销活动的业务拓展

人员的英文缩写）和销售的天赋，如果公司实力不强，PR、BD
和销售通常都处在被动地位，和别的公司谈合作，和媒体谈发
稿，处处都有种求别人帮忙的感觉。

在和这些商务人员接触的过程中，发出相同的请求——比如，邀
请对方参加一些活动，或者约稿——有些商务人员就特别容易让你能
够接受，而有一些你一听他们说话就自然会产生出一种拒绝的感觉。

下面来简单说三个比较重要的原因。

☆惹人爱的综合表现

说个人人都遇到过的例子，买衣服。

你们一定碰到过这些情况：一些服装店导购追着你不停推销
而你只想赶快离开这家店，而另一些导购可能没说几句话你就愿
意在这家店里继续逛并且心情还很好。

销售确实有"话术"，沟通也有"术"，但还有一个非常复
杂的综合感受。

同样一句话："这件衣服挺适合你的。"这句话的目的是为了促
进消费者购买，加强其购买决心，有些导购说出来让人感觉恰到好
处，而另一些导购说出来就是让你觉得有一股浓浓的推销味儿。

这和每个人的长相、对他人情绪的把控程度、语言表达方式

等一系列因素都有关系，很难说哪个因素最重要。就像你决定要买一件衣服一样，被激起的"我喜欢这件衣服"的感觉也是综合的，包括店面装饰、衣服材质、当时的心情等。

所以别人决定帮助你是一个既快速又很复杂的决策，影响决策的因素太多，而决策速度太快，甚至当事人都不知道为什么他会帮你或者拒绝你。

一切细节都是关键。有的时候可能就是导购的一个微笑或者一个白眼让你转变了念头。

微信对话也是，有些人你不知道为什么就那么不想理，而有些人给你的感觉却是可以一直聊下去。

相信你一定也有过类似的感受。

☆能力的外显

虽然我并不可能每次求助都会得到帮助，但是回顾我之前的求学道路和职业生涯，许多事情的一帆风顺都离不开"贵人"相助。

比如，我曾经找过一个学术大咖写推荐信，我并不是他的科班弟子，仅仅旁听过一次他的讲座。当我和他的学生说他给我写推荐信的时候他们都惊呆了，因为这位大咖对推荐信的事情非常严谨，很少会去写推荐信，而我仅仅旁听过一次他的讲座而已，凭什么他就给我写了推荐信?

如果他们知道整个过程，就不会这么惊讶了。

我的第一封邮件并没有直接要推荐信，因为我知道这样失败率非常高，一个不了解你的学术大牛，凭什么给一个小毛孩写推荐信，况且你也没有什么学术成就。我花了半个多月的时间认真地研读了他所有的论文和他感兴趣的课题，以及相关专著。自己写了一篇小论文，发给了他，并提了一些专业的问题。

一来我确定我的论文非常达标，因为写论文是我的强项，二来我确定那些问题也是他本身就很关心的，并非是小白问题，从问问题也能看到一个人对于一个领域的了解程度。本质的核心就是：你需要将你与众不同的能力外显，让他人对你有深刻的认知。

很多大佬喜欢帮助年轻人，不是因为他们指望从中得到什么实实在在的"好处"，而因为你是一个有能力的人，他们真的觉得你值得被帮助。他们也会从你之后的成就里获得很大的满足感。

没有能力就去提高自己的能力，然后通过合适的方式外显出来，别人才会觉得你是一个值得帮助的人。

☆人格魅力

我在读研的时候经常收到一些邮件询问如何申请就读我所在的学校。大部分的邮件我都没有回复，因为指导别人升学真的是一件非常累心的事情，要不怎么会有专业的机构来做这件事呢？

但是偏偏有一个姑娘我就认真耐心地给她写了很长的回复，并且一直和她保持联系到现在。当时她是在微博上联系的我，除了礼貌可爱的语言以外，她在自己微博上发表的很多有意思的小画也吸引了我。当时我就觉得，这姑娘太逗了，我一定要帮她。

这也是一种个人与众不同特点的外显，让别人对你产生"这个人很有趣"或者"好特别的人，我想认识他"的感觉。

☆情感关联

对于想寻求别人帮助、寻找合作，或者做销售的你，你一定会想提高成功的概率，那就好好琢磨一下：为什么别人会帮助你？你有什么特别的地方，有什么能够吸引那个要帮你的人的特质？

公关，公共关系，重点在"关系"上。关系可以由利益，也就是冯大辉说的"好处"构成，但很多时候，是一种情感关联。

你平时是什么样的，社交媒体呈现出来的样子，别人对你的口碑和评价，你和别人的语言交流，你如何经营和别人的关系，都是和别人建立情感关联的方式。

所以，被拒绝的时候，其实并不是别人不想帮忙，也不是别人真的图什么好处。

而是，别人不想帮你表现出来的那个"你"。

为什么你很难说服一个人？

　　只要有人的地方就一定有争论。但你会发现，大部分时候争论双方往往都无法互相说服彼此。

　　有的时候你明明是对的，证据确凿，有理有据，逻辑完美无瑕，但不知道为什么对方就是不认同，还在那里漏洞百出地胡搅蛮缠。

　　你不免纳闷，究竟为什么这么难以说服一个人呢？

　　这是因为一个几乎每个人每天都要面对的问题：认知失调。

　　什么是认知失调呢？

　　认知失调就是当一个人面对新的信息，需要表明自身态度的时候，自身以前的认知和新的信息产生了很大的冲突，不知道该如何取舍。

这时候会发生心理上的紧张、焦虑等不愉悦的情绪，这个过程有点像我们经常说的"毁三观"。

前段时间，我们的商务经理萍萍和我说副乳是天生的，而且有些副乳还有乳头。

我的反应是："怎么可能？副乳这么常见，怎么可能是这样的？难道不是胖出来的吗？"

然后我的认知就一直都处在一种失调状态，一方面不相信所听到的是真的，因为这和我之前的个体经验及获取到的信息不符。

另一方面我有点动摇，因为萍萍说自己身边好几个人都是这样而且都看过医生。

那怎么办呢？

遇到"认知失调"的时候，人们为了平衡这种失调带来的紧张和焦虑感，会采取两种截然不同的方式来进行缓解。

第一种是收集更多关于新认知的信息，放弃旧认知，用新认知来取代旧认知。

比如，我就赶紧查了一下关于副乳的资料，发现我们平时说的"副乳"其实都是假性副乳。

而医学上的"副乳"是先天性的，确实有些有乳腺没乳头，有些有乳腺有乳头，有些没有乳腺但是有乳头（感觉说起来好拗口）。

接着我的认知就被新的信息完全纠正过来，恢复了平衡，我甚至有种如释重负的感觉。

第二种可能是我们平时最经常见到的，也是大部分无休无止争论的根源：完全拒绝接受新认知，不愿进行客观查证和有逻辑的思考，这样心理的平衡就不会被打破了。

有个特别经典搞笑的例子，同时也是认知失调理论被提出的原始案例：心理学家利昂·费斯廷格在20世纪50年代观察了一个叫"幽浮末日教派"的宗教成员行为。

听名字你也能猜到，这个教派的领导人预言地球会灭亡，而信教成员则会被搭救。

结果，他们预言的世界末日并没有如期到来。

大部分旁观者肯定幸灾乐祸地想：这下被打脸了吧，肯定要掉粉。

让人大吃一惊的是，这么大的打脸事件发生后，信教人数不但没有减少，反而增加了！

可这又是为什么呢？

因为地球灭亡的预言失败，教众们深信不疑的预期破灭，产生了巨大的认知失调。而为了减少这种失调，他们便相信是自己的祈祷让外星人饶恕了地球……

（说的好有道理我竟无言以对……）

我们在生活中也会碰到这样的情况，之前的认知越是根深蒂固，遇到认知失调越是难过，也越是难以改变，因为改变的心理变化太痛苦啦。

这不仅和一个人对于新的认知的态度有关，还和判断能力有关。如果本身对于信息的判断力就很薄弱，缺乏基本的逻辑，你不仅要和他说事实，还要教给他正确的逻辑，不然他也没法儿明白你在说什么。

如果遇到对方是这种情况，最好的办法就是放弃，除了放弃没有别的办法了，因为他们已经被百分百设定就是不愿意接受新的认识，再和他们辩论下去就变成了无意义的争论了。

但是，如果新的信息出现的次数频繁，也是可以逐渐让人改变固有认知的。所谓第一个人说不信，第二个人说不信，第三个人说可能就信了。

所以，碰到固执己见的人，最好的办法还是让他自生自灭吧。

● 什么是"有效的沟通"，如何面对一个难以沟通的人？

　　我曾经就是传说中的"难沟通的人"，开始我一直以为是周围的人都"难以沟通"。但是时间久了，发现其实只是我自己是个不会沟通的人。后来为了解决这个问题，我看了许多书，深度学习了该如何去和他人，包括"难沟通"的人沟通。你会发现一旦自己改变了以后，许多原先你认为"难沟通的人"也突然变得容易沟通了。换环境也是一种选择，但是是一种消极选择，因为不管到哪里你都会遇见"难以沟通的人"，逃避并不能解决本质问题。

　　下面简单说几点心得。

有效沟通的含义是：信息发送者清晰地表达信息的内涵，以便信息接收者能确切理解。信息发送者重视信息接收者的反应并根据其反应及时修正信息的传递，免除不必要的误解。

虽然做到这两点就够了，然后接着可能才是是否要"说服"对方。但许多人一上来就会想着要"说服"而不是"有效沟通"，最后"说服"变成了"攻击"。

注意定义，定义中有效沟通是双向的，双方既是信息发送者又是信息接收者。

1. 消除语言含混性

语言含混性（一句话或一个词有多个意思或者有引申含义）是沟通中经常被忽略的一个因素。而许多复杂争端最初都是由于双方并没有彻底地明确地表达和理解对方的信息而引起的。所以从这个角度出发，在沟通中首先要做的就是，确定对方完全明白你说的每一句话和确定自己完全明白对方说的每一句话。

大部分情况下很多人只为一吐而快，默认自己完全说清了，又默认对方完全了解了。最后开始争吵了又用"你完全没明白我在说什么！"这种攻击性话语来恶化沟通。

在《探索需求》这本书的开篇提到了一个很有意思的事情。

一个关于"需求调研"的讲座上，开场前演讲人的大屏幕上放了张背景图，图上是一个大家不知道是什么的东西：一个七角形，上面似乎还有很多脏乎乎的斑点。

然后他开始讲需求和设计。

最后结束的时候他说要给大家做个注意力测试，然后就问了个问题：How many points were in the star that was used as a focus slide for this representation?（在第一张幻灯片中出示的星星上有多少个点？）

在场的人开始回答，答案被收集并统计。结果发现大家对于这一张图的理解各不相同。

这就是所说的"含混性"，一句话可能会有很多个意思，但是每个人看到的可能只有其中的一个意思。

仅仅是一句话都可能会引起这么多理解，何况沟通的时候不可能只讲一句话呢？

解决含混性的方法就是"问"和"复述"。几个常用的问题是：

你刚才说的"×××"指的是/包含哪些/在哪些情况下适用？

那我可不可以理解为：×××××？

发现对方有可能没有理解你说的意思的时候不要说："你

完全没明白我在说什么！"这样会让对方敌意大起。而应该说："我发现可能我刚才没有解释清楚××××××××，应该是×××××，你是不是理解成了×××××？"

先掌握这三条，你会发现沟通就会变好许多。

2. 沟通双方价值观、立场及最终目的，并在沟通中时刻提醒双方

价值观和立场是很难改变的，冲突的直接矛盾如果是由价值观和立场所引起，沟通的难度会更大，但如果你能明确意识到两个事实：对方的价值观和立场到底是什么；对方的价值观和立场是不能够短期改变的，会有助于你在这种情况下达到最优的沟通结果。也许不是皆大欢喜，但是你知道这已经是你能做到的最好结果了。

比如，有关咸甜月饼、咸甜豆花之争就是典型的价值观冲突，这种情况下的争论基本上是无任何意义的，谁也改变不了谁。再贴近个人一些的，比如父母的信仰和你的信仰。可能在父母的价值观中去政府机关工作才是最好的出路，但是你却想要进一个创业公司，此时去改变父母的价值观说些"你们根本不理解我"之类的话是毫无意义的，但是父母和你的立场是相同的，都是希望你过得更好，了解了这一点，从情绪上对父母的埋怨也会变弱。

另外要注意的是永远不要忘记当前沟通的最终目的。许多人特别喜欢"上纲上线""反咬一口"和"翻旧账"，这都是恶习。

比如某个女生想沟通解决男朋友约会总是迟到的问题，最好的方法就是去问男朋友他迟到的原因，以及以后的解决办法，如果平心静气地沟通，可能这件事情下一次就不会发生了。可这位女生偏要说："你又迟到！我知道你就是不在乎我！"（开始上纲上线了。）然后男生怒了："怎么就不在乎你了？我在你宿舍楼底下等你一个小时的时候你就在乎我吗？"（反咬一口。）女生又说："我们刚在一起的时候你怎么就那么勤快！每次见面都提前好久到的！你真的就是不在乎我了……"（此处开始哭，翻旧账。）

说过以上话中枪的请举手。然后接着这个对话发生得越来越频繁，然后就没有然后了……也许这位女生换了个男朋友，没多久这样的对话又会继续，接着她就会想：唉，天下的男人都这样王八蛋……

但其实她最初的沟通目的只是为了防止男朋友继续迟到。

3. 消除敌对感

人是情感动物，很有可能在沟通前双方就已经出现敌对情绪。此时如果你还想要一个"有效沟通"的话必须调整自己的情绪，即使对方情绪很糟，你也需要整理好自己的情绪，如果想更进一步，可使对方也消除敌对的情绪，一旦情绪平和了，语言上的攻击感也就小了，你语言上的攻击感小了，对方的态度也会相应发生变化。

4. 冷却决策

双方都在心平气和的状态下听完了各自的立场、目的和论点论据并且充分理解对方信息的情况下，不用马上说服对方做决策，可以让双方各自有一个冷却时间，然后第二天再来做决策。

● 当我们吵架时，我们在吵些什么？

《中国游客巴黎罗浮宫前泡脚引争议》是一个很老的新闻了。

看到图片，一群中国人在罗浮宫门口泡脚，很多人就开始在微博上大骂中国国民素质低下，丢人丢到了国外云云。

之后有人放出罗浮宫门口泡脚大军的图片，并称"据罗浮宫工作人员称，泡脚的游客多为西方人"，然后之前那些指责国人素质低下的人觉得自己被打脸。接着就会有公知出来说不要对自己人有偏见之类。如果再有人补第三刀，说虽然西方游客也泡脚，但罗浮宫官方称这是一种不文明行为，即将进行罚款举措。是不是又会有人出来说"国人爱盲目跟风"？

当然，在当前的网络环境下，信息不对称已经得到了很大程度上的改善，每个人都有可能是完整信息拼图中的一部分，为信息对称做出贡献。但仍然不能否认的是，信息不会完全对称，信息也一定会被误读和曲解。所以开吵之前最好先沟通一下，看互吵双方得到的背景信息及对信息的解读是否一样，避免盲人摸象。

☆我们吵的是同一个词吗？

戈特洛布·弗雷格（德国哲学家、逻辑学家）提出过一个词叫"含混性"，这里特指语言符号表示意思的模糊边界，可能是一句话可以理解为多种意思，也可能是一句话涵盖的范围模糊不清。

在文学创作中，语言的含混性可以增加作品的神秘感和可读性，所谓"一千个人眼中有一千个哈姆雷特"。但语言涉及沟通，含混性简直就是个大问题。

所以很多时候我们的吵架从概念的理解本身就是不同的。有可能吵到最后才发现原来是鸡同鸭讲。所以吵架之前请统一好概念和关键词，消除语言的含混性。

☆ 我们吵的是价值假设吗？

在本科读经济学的时候，微观经济学的第一堂课，老师出了一个问题：10个女生，5条裙子，如何分配才能公平？有人说抽奖，有人说考试，有人说选美。究竟谁的更公平呢？凭什么聪明的人可以得到裙子而笨的人不可以呢？又凭什么长得好的人可以长得丑的就不可以呢？于是貌似裙子怎么分都不行了。

突然有个人说：看谁能给别人带来别的价值，然后用这个价值来换裙子。大家纷纷同意。但又有异议出现了：一般都是聪明好学或者有一技之长的人可以带来价值，那么这种分配方法对天生愚钝的人来说是不是也不公平呢？这样总是有人得到的要比别人少。为什么不绝对平均呢？

> 价值假设是特定语境下的一种隐含偏好，表明作者偏好一种价值观胜过另一种价值观。
>
> ——《走出思维的误区》

在每个人分配方案的背后都隐藏着价值假设，比如有人认为长得美比聪明更重要，或者有钱比有学识更重要。这种由价值观不同而引发的争吵应该是最多的了，小到网络争议，大到立法。

比如"如何评价雾霾调查《穹顶之下》？"，这里抛开数据真实性、有效性不谈，我们单看价值假设。

价值假设冲突点：经济发展重要还是环境保护重要？多数人长期呼吸新鲜空气和少数人短期失业相比哪个更重要？

这里需要大量的研究分析提供各方论据来支撑最后的论点，但最后价值观在决策中有着非常重大的意义。所以，价值观假设并不是像你喜欢橙色他喜欢蓝色这样随意，因为普世价值观会影响到公共政策制定和每个人的生活。

☆我们吵的是自尊吗？

大部分人都认为自己有着批判性思维，觉得自己"有主见"和"不受他人观点影响"。理查德·保罗（Richard Paul）将批判性思维分为两种：弱批判性思维与强批判性思维。

弱批判性思维就是捍卫你当前想法的批判性思维，表现在当你由于以往经验形成了自身稳定的价值观或"成见"后，对于新的与你不同的观点产生矛盾并为捍卫你当前想法而展开斗争的思维活动。但是其实大部分觉得自己有"批判性"思维的人持有的都是弱批判性思维。这种持有弱批判性思维的人有时甚至比无知群众还可怕，他们会坚信一些不知何时先入为主的观点，并且将其维护到底。

而强批判性思维则是要对一切主张都来提出批判性的问题（包括自己的主张），强迫自己对自己固有的观点进行思考。保持这样的强批判思维会让你的学习速度变得很快，也会让心态更加平和。

☆吵架可以改变他人观点吗？

桑坦斯曾在《谣言》一书中提到一个实验：实验室里有两组人，A组支持死刑，B组反对死刑。实验者给两组人同样的有关犯罪数据的研究材料，两组人看完材料后都更坚定了自己的立场，认为手中的材料是自己观点的依据。

这种现象叫作"偏颇吸收"：人们普遍按照自己的偏好来接受信息，寻找支持自己观点的依据。

吵的时候会存在"偏颇吸收"。当我们在主观上支持某种观点的时候，我们会更倾向于找那些能够支持我们原来的观点的信息，而忽略掉那些可能推翻我们原来的观点的信息。

"偏颇吸收"普遍存在，虽然无法改变别人，但可以从自己做起，不要光顾着想"一定是这样"，还可以想想"否则呢，如果不是呢？"。

☆吵架的好处是什么？

对于和别人吵架的目的，我觉得是：改善自己的想法，找到更正确的方向，弥补个人认知不足及纠正偏见。

上升到更宏观的层面，很多网络上的争吵会影响到社会整体价值观、舆论导向和公共政策制定。所以好好争吵是相当重要和严肃的一件事。

☆如何有选择性地争吵？

有一些争吵真是没有必要，吵来吵去吵不出结果，两边都搞一肚子火，除了为世界增加点负能量以外一点价值也没有。所以如果你决定不在争吵上浪费时间，那么就有选择地争吵吧。

以下是我给自己的一些争吵的原则，仅供参考。

为一个有价值的问题争吵。比如，我对关于公共政策类的相关争吵就比较感兴趣，因为每一条信息交换都会影响到我未来的生活。对于一些平眉是否过时了的这种话题就不愿意过多争吵，因为没有太大意义。

不和弱批判性思维者争吵。他们的每一句话都是为捍卫自己的观点而不是为效沟通。

不和不懂价值观假设者争吵。他们没有意识到自己带有价值观假设，喜欢使用"应该""不应该"。

不和价值观一元论者争吵。他们不接受其他价值观，喜欢这种句式："我就不理解为什么有人会×××"或"神烦×××的人"。

不和情绪化吵架者争吵。这些人用词带有大量感情色彩，判断力主要来源于情绪，并通过吵架发泄情绪。

☆总结

正确的争吵模式是，争吵双方背景信息相同，争吵时关键词和概念统一，基本消除了语言的含混性，并能实现双方的有效沟通，但同时也能接受他人和你价值观不同这个事实。

远离这四种危险人格

不知道大家还记不记得一些当时沸沸扬扬的社会事件：因客户投诉而泼热水的火锅店店员，因婴儿车没有避让汽车而下车将婴儿摔死……

后来我看过一本书叫《FBI危险人格识别术》，是前美国联邦调查局的反间谍情报小组专家乔·纳瓦罗写的，才知道突然做出让人出乎意料举动行为的人可能都是具有危险人格的。

不仅仅是这些行为突然失控的陌生人，你周围的人也可能会有危险人格。比如长期对子女进行家暴的父亲，因担心丈夫出轨而百般阻挠丈夫外出的妻子，等等。

我可能永远都会记得，在我小学的时候，住在我楼上的邻居因为她上高中的女儿忘记带钥匙回家，而在楼道里对着她女儿拳打脚踢的样子。

正像乔·纳瓦罗在书中说的，如果能够早一点识别到这些危险人格，并知道如何应对，可能就可以避免一些惨剧的发生。

同时，乔·纳瓦罗也在书中指出，书中对于这些人格所做的归纳并不属于心理学学术定义，如果对这一领域的学术研究感兴趣，应该去阅读专业的学术著作。

这本书仅是根据他个人多年在FBI积攒的一线经验及结合心理学研究结论为普通读者所写，目的是为了能够让人快速识别身边具有危险人格的人，采取相应的行动。

☆自恋型人格

这是书中的第一类型的危险人格。

这类人格有以下特征。

自我中心

贬低他人

没有同情心

自我吹捧

控制欲强

看到这种人格的描述，第一个进入我脑海的人是乔布斯。从《乔布斯传》中可以看到他的很多行为完全符合特别典型的自恋型人格的特征，但因为他是个"天才"，似乎这部分人格缺陷反而变成了他某种独具浪漫主义的特色。

这类人格还有典型的群体，很多邪教头头，他们通常很有人格魅力，但是对他人毫无同情心，利用他人来达到自己的目的；他们追求他人的无条件崇拜，甚至迫使他人搭上性命。对于自己做错的事情从不认错，也不会道歉。

自恋型人格经常通过贬低他人抬高自己，对别人的各方面进行贬低攻击。而他们还有可能会给自己捏造很多"光彩"事实，自我吹捧。"牛皮都吹上天了"说的就是这类人。

他们不仅想让他人俯首称臣，还喜欢掌控别人的生活，什么都要管。

和这类人生活在一起，他们会贬低、挖苦你，你做什么他们都不会满意；他们会对子女过于苛求，把子女当作延续自我实现的工具，让子女参加各种比赛，拿不到第一就会对子女进行羞辱。

☆ 情绪不稳定型人格

情绪不稳定型人格是更为常见的人格。这类人对于自己的情绪没有自我意识，也缺乏控制，"说翻脸就翻脸"。

这类人格有以下特征。

控制欲强

极度敏感

苛求无度

毫不讲理，非此即彼

追求刺激体验

但是我发现对于这类性格，人们似乎并没有特别高的警惕性。

比如，我经常会遇到女朋友情绪极度不稳定的男生，尤其是恋爱初期，对于这种情况男生可能会说："她就是有点作，别的还行。"最后两个人都过得非常不好。

我也遇到过男朋友情绪经常失控的女生，但她认为对方"只是脾气暴一些"，最后发展到暴力程度，她仍然觉得"他大部分时候还是挺好的"。

也有很多父母是这样的性格，往往会因为子女的一点点小错误而勃然大怒大打出手。而很多子女会觉得真的是自己做错了，父母只是管教严厉。

☆ 妄想型人格

之前在知乎上看到一个人问，女朋友总是翻他手机看怎么办。很多回答里有讽刺、挖苦题主的，如"不心虚为什么不能让她看"。

这种妄想型人格在我们周围也比较多见。

他们总是怀疑这个怀疑那个，谁也不相信，喜欢根据一些细节无来由地进行推测。比如经常查看男友手机，总是怀疑同事在背后说自己坏话，气量狭小，好辩，喜欢质疑他人动机……

妄想型人格具有以下特征。

疑神疑鬼，躲躲藏藏

刚愎自用，好辩，对人怀有敌意

耿耿于怀地记恨

每个人有的时候都会有一些疑心，这很正常。但妄想型人格疑心的频率、范围更广，他们对别人如何看待自己极度敏感，内心总是充满焦虑感，喜欢阴谋论，总是猜测各种可能性。

并且他们解决这种疑虑的方式也非常可怕，他们会做出很多大家平时会觉得"小题大做"的事情。

比如，某位女生怀疑男朋友劈腿，就跑到男朋友的公司去闹。这更像是妄想症和情绪不稳定型人格的组合。

很久以前的电视剧《别和陌生人说话》里的男主角，也是一个很典型的妄想型人格。

除了情侣关系，我听说过一件事：一个母亲怀疑女儿早恋，竟然到女儿学校门口，等到放学的时候抓住女儿的同学问："×××是不是在谈恋爱？"

相对于这些夸张的事情，我有个朋友A还和我说过一件小事，她的一个朋友B特别疑神疑鬼，总是觉得别人要在网上黑她，最后和很多在她怀疑名单里的人都断绝了往来，并且还脑补了很多情节。

☆掠夺型人格

盗窃、抢劫、强奸等罪犯多属于掠夺型人格。对于自己想要的东西他们会进行掠夺，非偷即抢，并且认为这理所应当。

这些人的性格也很鲜明。

毫无同情心，不知悔恨

冷血无情，控制欲强

行事冲动，自控力差

印象中我接触过有这类人格特征的都是上学的时候我们所说的"小混混"，他们的父母通常也是类似的人格。

这类人不接受社会的规章制度，认为违法乱纪是很光荣的行为，他们还有可能会虐待动物，总之会为了自己想要的一切不惜牺牲他人利益。

这类人格的人很多都不愿意好好工作，花的钱比挣的钱多，啃老，不还债，也没有稳定的感情关系。

☆ 如何应对？

作者在书中说的：一个坏，两个糟，三个致命。上面的这四种人格叠加起来是非常可怕的，如果我们周围有这种情况的人，该如何应对呢？

评估程度，频率确认

你可以通过上面的描述来观察周围的人是否符合这些危险人格的特征。如果程度严重且频率频繁，就需要你对这个人建立适当的防备心，采取一些必要的行为来避免给自身带来危险。

很多人的常见问题在于，事发时才会意识到某个问题，因为事情发生时需要解决，事情过去之后就选择忘记，不再深究，从而不去全面认识这个问题这个人，不去有意识的区别确认。

我认识的一个女生的男朋友经常会为一些很小的事勃然大怒，用拳头砸墙。她当时会被吓得要命，但是每次事情结束一段时间后她就像失忆了一样，会说"他平时也挺好的呀"。

然而下一次就又会发生这样的事情。

当我和她提到危险人格的时候，她也理解，但是总觉得这些和她男朋友对不上号。即使很多事实放在她的眼前，她依然不愿意承认这一点。

每次事发后她就会想分手，但是过一两天就又失忆了，反反复复很多次。

这类事情是不是也在你身上发生过？

定下界限

一味地忍让是不行的。

如果第一次被欺凌采取了忍让的态度，那么就会有第二次第三次。越早让对方知道你态度非常坚决，对方就越不容易得寸进尺。不要争吵，采取拒绝和远离的处理方式。

如果对方反应过激，应该迅速求助第三方，比如报警。千万不要觉得不好意思或者小题大做而不采取这些举措，或者想着以后就会好。

在将来不久的某一天你会为你的忍让埋单。

不要尝试改变他

大部分人会觉得可以通过沟通的方式去解决问题，但实际上人格的形成是通过基因、早期教育和长期积累的社会经验形成的，不可能会在短时间内改变。

电影中经常出现的恶人被感动后变好的事情在现实中真的是少之又少。不要寄希望于浪漫主义，想着通过真诚和爱改变一个人，或者觉得这个人"和别人不一样"。

这种努力都是徒劳的。如果确认了这个人有危险人格，尽早打消改变他的念头。

慎言

对方无法控制自己的情绪，但是你可以。千万不要被对方的情绪带着跑，不要激怒对方。

在《情商》那本书里提到过的一起凶杀案中，凶手当时只是想抢劫，并没有想杀人，但是因为受害人大叫要告发凶手，凶手的情绪失控，将室内的两人都杀害了。

还有很多奸杀案也是如此，受害人因说了一些激怒对方的话而惨遭杀害。

事情发生得非常突然，惊慌恐惧的情绪一上来很可能就会说一些不受控制的话，这就需要现在就告诉自己，打个预防针，万一遇到危险的情况，自己千万不要失控；要知道自己说出去的话在危险人格上会发生什么后果。

注意区分受害人有罪论和合理的自我保护，两者并不冲突。

受害人并没有错，但执意坚持一些无益于自我保护的行为却无法改变受害的事实。

切断关系

切断关系非常困难，但是如果你遇到危险人格的人，切断关系是非常必要的。

如果是同事，事情发展得太糟，可以和上级反映情况，看上级是否可以给调整岗位，如果不能，你可以选择跳槽。如果是同学，和老师反映情况，转班或者转学都是选择。

配偶的话更困难一些。

如果是父母的话最困难，你只能忍耐到脱离他们自己独立的时候离开他们的控制。很多人舍不得亲情，但是这种危险的亲情到头来害的还是自己。如果事情恶化，断绝关系并不是不可选的。

自己的命运只能自己选择和把控，请给你自己选一条好路。

寻求帮助

如果周围有危险人格的人，你需要及时记录事情发生的过程，尽可能多地保留证据。不然第三方可能想帮助你都无法帮助。

尽可能多地告诉你周围的其他人，向他们求助，看是否能够找到对策来处理。

最后，还是那句话，遇到危险的情况有需要的话要及时报警。

不要拖延

拖延是大忌，而所有的问题里拖延是最容易发生的。

开始的时候拖延，不敢确认对方是危险人格，确认后又拖延，不肯切断与对方的联系，最终越陷越深。

要快刀斩乱麻，防止自己像温水里煮的青蛙。

如何避免被洗脑

1. 什么样的人更容易被"洗脑"？

我们接受外界信息的时候，会通过自己已有经验判断是否要去接受这个信息，然后看看这个信息是不是在自己的接受范围内。每个人的"接受–拒绝范围"不尽相同，有些人比较容易接受新的观点，有些人比较排斥新的观点。

我把接受范围不同的人分成大致三类。

A 海绵型人：不动大脑全盘接受新信息，通常发生于已有经验较少的人身上。

B 漏斗型人：将新信息放入不置可否的范围，等待更多信息来进行判断和验证。

C 雨伞型人：我们说的"老顽固"，不肯接受新信息，固守已有经验，无法说服。

一个人的信息接收范围并不是一成不变的，可能初期信息匮乏的时候是海绵型人，然后被同类型的信息不断"洗脑"后就变成了雨伞型人，别人再把他扳回来就很难了。

2. 你为什么会容易"赞同"知乎上的某些言论?

很多还在读书的孩子在知乎前接触的外系统是非常窄的，这就导致知乎变成了他们外系统的主要信息来源。

因为知乎内容较其他严肃媒体（书本）具有较好的阅读性，而较其他娱乐媒体（微博）具有较好的知识性，有着"好看又好玩"需求的孩子们更容易被它所吸引。

而在知乎这样明显价值观输出要高于其他社会传播媒介的地方，尚未形成稳定价值观的孩子们更容易受到影响。从社会认同理论来看，很多情况下，赞同和接受某个观点也意味着你想进入某个社会群体，或者让别人觉得你属于某个群体。

当你在知乎看到很多人在"炫富""炫学识"的时候，你也许会不由自主想向这种"高端人士"靠拢，于是更容易去相信他们的言论，很多时候会忽略这些言论背后的逻辑和合理性。

当你觉得你现有的社会身份和你期望的社会身份不符的时候，就开始模仿另一个群体的行为，而由于信息的匮乏和未知的可信度，你使用了一些错误的方法，接受了一些错误的观点，然后影响了你的行为，导致"交了智商税"。

3. 如何做到不被"交智商税"？

我建议缺乏大量信息摄入、尚未有自己稳定价值观的同学"做一个漏斗型的人"，不要轻易接受或拒绝任何观点，等到你的多样化信息量接收到足够大的时候再去做判断。

Chapter

6

大脑养成指南

读书的目的不是记住，而是让它和你已有的认知交会融合后产生新的知识，悟到、思到、乐到。

你可以让自己变得更聪明

元认知这几年被抬到了一个非常高的地位，这是一件好事。

我们的教育长期以来都重视"努力"，而不重视"学习方法"；学校教育也并不重视元认知的提升，填鸭式教育让大部分人缺乏自学能力，所以当我们长大后开始自学一些东西的时候，大部分人都不知道如何开始学习。

我认识的一个姑娘，她买了个照相机，一直说特别喜欢摄影，要学摄影，照片拍得挺多，水平没有涨。

过了一年，照相机开始落灰了，也没有任何成果。

"感觉学不好啊。"她说。

这就是个非常典型的因为元认知导致认知任务失败的事情。

元认知策略是最值得学的东西，在学其他的东西以前学习元认知策略，能够大大缩短学习时间，提高学习效果。

元认知（Metacognition）这个概念是美国发展心理学家John H. Flavell提出的。

知道如何思考（Thinking about thinking），学会如何学习（Learning how to learn），这两条，就是元认知的本质。

在一般智力水平相同的情况下，元认知水平高的同学在学习和任务完成方面做得更好。而元认知水平是可以通过训练得到大幅提高的，这对我们非常重要。

元认知包括元认知知识、元认知体验和元认知监控三部分，三部分相辅相成。

☆ 元认知知识

元认知知识就是有关认知的知识，即人们对于什么因素影响人的认知活动的过程与结果、这些因素是如何起作用的、它们之间又是怎样相互作用的等问题的认识。

元认知知识主要包括以下三方面的内容。

- 关于自己的知识

- 关于任务的知识

- 关于策略的知识

关于自己的知识

在开始学习之前，首先要了解自己。知道自己擅长什么，不擅长什么，认知优势在哪里，阻碍学习的地方在哪里，才能有的放矢。

除了知道自己内在的优势劣势，还需要知道自己和别人的差异。

在了解自己，了解自己和他人的差异后，一方面，可以找到标准查漏补缺，另一方面，可以规避缺点发挥自己的优点。

更深一步，需要知道各种认知因素的作用。比如，知道记忆力、注意力、反应速度等在不同活动中发挥的作用是不同的，而且都可以通过训练来强化。

很多人在衡量自己完成某个任务的能力时都会发生错误，低估或者高估了自己的能力，不知道按照自己的情况制订学习计划。

关于任务的知识

这是对任务本身难度的衡量。

比如，很多同学总给自己定不可能实现的目标，对于任务难度没有合理预期，做了几天发现不行，可能就放弃了。

能够准确判断任务的难度，给自己设立合理的预期和目标，也是非常基本的认知能力。

举个例子。我以前有个很贪心的毛病，经常会同时学很多东西。比如，德语、法语一起学，拉丁舞、瑜伽一起学，等等；参加很多社团活动，什么都想做，觉得都很简单。

最后三分钟热度一过，什么都做不好，但是这样的事情反复发生，每一次我都觉得自己可以完成。

过了很久，我才意识到我只有一次做一件事的时候才能完成，并且会完成得很好。在那之后，我就每次只做一件事，只学一种知识或者技能。

如果能够早一点意识到任务的困难程度以及自己能力的局限性，我就可以不浪费那么多时间了。

关于策略的知识

填鸭式教育让大部分人的认知策略都非常薄弱，因为该学什么不该学什么，在之前的教育里已经被安排好了。于是需要学习没有体系的新知识的时候大部分人就会手足无措，有可能不知道从哪里下手，也有可能效率非常低下，还有各种其他问题。

比如，大部分同学背单词的时候还是按照小学老师教的背词法，不停拼写、默写。当你需要短期内补充大量词汇时，这种方法不仅速度慢，而且会背了就忘，反反复复，让人自尊心受挫。

后来我知道如果不要求拼写，单纯记住中文意思，大脑负担会小很多，每次背的词汇也多。因为大部分的单词都是出现在阅读和听力里的，不需要说或者写，所以所有的单词都需要会拼写是没有必要的。

另外，对于记忆曲线的了解，我也知道了背过的单词需要定时复习几次，不然很容易就会忘了，之前不重视复习的我也开始复习了。

后来我在很短的时间里通过托福和雅思考试，很大一部分原因就是词汇量有了非常显著的提升。

前面提到的学摄影的姑娘，她对于怎么学摄影的策略就是"多拍"。这是她下意识的一个策略，而不是有意识地去想：什么才是学好摄影的最佳办法？需不需要报摄影班？需不需要看书？怎么最高效地练习？

如果她有关于元认知策略的知识，那么就能够很好地提出问题，并且着手去解决了。

☆元认知体验

元认知体验是一个人对他在认知过程中的感受的认知。

比如，一些困难的认知过程，有些人可能会感觉痛苦，有些人会感觉兴奋。因为体验不同，就会影响到认知过程的进展，感到痛苦的情况进展可能不顺利，但也可能会越挫越勇。

元认知体验和某个人的经历、个人特质，以及想要追求的身份和动机之间有着密不可分的关系。

再回到那个喜欢摄影的姑娘，如果"拍得一手好照片"的这个动机很强，在遇到困难的时候经历了困难的体验，可能就不会选择放弃而是更加努力。而如果只是随便拍拍照，没有那么强烈的动机，经历了不良体验的话就很容易放弃。

当认识到自己在认知过程中的体验是从何而来的时候，就更容易调整自己的体验，决定是否要将当前的任务继续执行下去。

如果她意识到困难给自己带来的不悦是暂时的，而自己目标的实现则会达成长远的愉悦，并且因为有元认知知识，知道这是可以通过努力解决的，能获得长期愉悦的体验，也许更容易咬咬牙撑过去。

☆元认知控制

有了元认知知识，能够意识到元认知体验，知道当前体验与自己的长期身份和目标之间的关系以后，我们来了解一下元认知控制。

元认知控制是对整个认知行为的管理和控制，在认知行为的过程中，有意识地去做出认知计划、不停监视自己的认知行为并及时调整。

元认知控制的提高建立在元认知知识和元认知体验的基础上，对于自己和任务了解越多，认知策略越好；在元认知体验中的情绪越好，就越容易做好元认知控制。

首先要做好计划。

我认识的很多人都非常轻视计划这件事，似乎总觉得"计划赶不上变化"，要么干脆没有计划，要么草草做个"每天背20个单词"这种简单的计划。

最后的结果就是计划经常泡汤。

一个计划必须有明确的目的、时间限制，配合学习策略，知道完成某种特定的认知任务能够用什么高效的方法。不是拍拍脑袋就随便出个计划，而是需要仔细做功课，知道怎么制订计划最有效。

大多数人喜欢花较少时间在计划上而花较多时间在执行上，如果执行的是错误的计划，往往就事倍功半了。

做好计划以后开始执行，就需要自己进行内在的监视，在认知过程中知道自己进行得如何，有意识地检查自己是不是在按照计划走，情况是好是坏。

监视中发现了问题要能及时恰当地调节各方面，无论是计划，还是心态或者是时间管理，等等。

以学习摄影为例，不应闷头按照自己想当然的方法去学。应该先了解学习摄影有哪些方法，其中哪些更适合自己的情况，然后制订一个学习计划；按照学习计划执行时注意自己的进度，看看是否需要调整计划或者其他部分，如果有需要就及时调整。

☆ 你该怎么做?

元认知的提升是个漫长的过程，希望你可以耐心练习，如果不知道该怎么开始，下面的这些问题列表可能可以帮助你。

在学习前可以问自己以下问题。

关于这个领域我已经知道的有哪些东西?

我是否清楚自己现在需要做什么吗?

我知道自己可以在哪里得到相关知识吗？

我需要花多久来学习它？

有哪些高效的学习方法？

把这些问题解决了，这个学习任务就可以扎实地开始了。

在学习的过程中，每一个阶段都可以问自己以下问题以进行自我监控。

刚才学的我是否已经明白清楚地掌握了？

我怎么才能知道自己是不是在按照一个合适的速度学习？

我怎么知道我在学习过程中有没有犯错？

如果学习结果不好，我怎么进行改善？

后天智力养成

这里的"智商"指现存智商测试的结果（不包括尚未得到量化方法的智力量化结果）。

An intelligence quotient, or IQ, is a score derived from one of several standardised tests designed to assess human intelligence.

（智商，或者说IQ，可以以一个分数来衡量，这个分数来源于一项旨在评估人类的智力水平的标准化测试。）

智力是现存智商测试（韦氏量表等）的结果，智力是可以提高的。

☆智力的定义之争

目前被主流心理学界广泛认同的智力的定义如下：

智力是一种非常综合的心智能力，是最一般的精神能力，包括推理、计划、解决问题、抽象思维、对复杂概念的理解、快速学习和经验学习。智力并不仅仅是学习书本知识，不是一种狭窄的学术技能，或参加考试的能力。相反，它反映了一个更广泛和更深入地理解我们周围环境的能力——"领会""意会"事物，或"想出"怎么去做的能力。

这个定义有个非常有意思的背景。它来源于由52位学者于1994年在华尔街日报发表的一份题为"《智力主流科学》（*Mainstream Science on Intelligence*）"的声明。津巴多也在他的那本著名心理学导论《心理学与生活》中使用了该定义。

这个声明发出的原因是1994年出版的一本叫《钟形曲线》（*The Bell Curve*）的书。

书中的主要观点有：智力可跨越种族、语言和国家边界进行准确测量。智力主要是遗传。迄今为止没人能通过改变环境因素来大幅度改变智力（儿童收养除外），人们对个人未来的控制几乎是不可能的。

国家（主要指美国）对于这一事实一直持否认态度，但公众最好了解这一事实，因为这将会影响未来的政策制定。

大家请注意这句话："因为这将会影响未来的政策制定。"电影《千钧一发》（*Gattaca*）所设置的背景就是政府接受了这种观点后采取了某些政策。大家可以想象一下现实情况下可能出现的后果，想一想就不寒而栗。

相比目前主流定义，《钟形曲线》中对于智力的定义范围较为狭窄，书中提到的对智力的测量范围也非常狭窄，而智力测量的广泛应用是因为一段特殊历史时期的政治需要引发的。

☆智力测验的引爆是因为征兵

1905年，阿尔弗雷德·比奈为了让法国教育局改善发育迟滞儿童的教育而编制了一项儿童智力测验，从而剥离老师对于儿童偏向性的评价，帮助需要特殊教育的儿童。这是智力测验的起源，它在法国被成功推广并给美国带来了很大影响。

一战时，参军人数过多，为了知道有哪些人可以学习得更快从而可以从特殊的领导训练里获得更多收益，美国招募人员急需一种测量方法筛选学员。于是当时一批优秀的心理学家如路易斯·特曼等人便在这种紧急情况下用了一个月的时间编制了一份智力测试。

由于智力测试在征兵过程中的大范围使用，使得民众接受了这样一种观点：智力测验可以根据领导能力和其他社会特性来区分不同的人；这个方法是经济的、民主的，由此可区分哪些人能从教育中获得更多效益哪些人则不能。于是智力测验便大范围被学校和工厂所使用。

☆ 智力不仅是 IQ 测试的结果

近代的智力理论中，许多心理学家都提出了超越传统IQ测量范围的一些智力因素。也就是说，IQ测试因为其局限性，并不能涵盖一个人智力的方方面面。许多和智力有关的因素在测试中被忽略了。目前的IQ测试使用了心理测量学中的因素分析法来找出智力的各个维度。许多心理学家对此有不同的维度划分，但许多维度目前仍然没有找到较好的方式来测量，并且仍有许多未发现的智力因素。

这里介绍几个影响力比较大的智力划分理论。

一般智力因素（g factor）和特殊因素（s factor）：由查尔斯·斯皮尔曼（Charles Spearman）提出，他是最早应用因素分析法的心理学家。

晶体智力和流体智力：由雷蒙德·卡特尔（Raymond

Cattell）提出。他将智力分成两个独立的部分，流体智力是理解复杂关系和解决问题的能力，晶体智力则是知识的积累和获得知识的能力。人的流体智力在25岁左右达到顶峰，然后开始下降，这就是为什么我们会说"老顽固，学不进新东西了"。但是晶体智力随着你的阅历增加则会一路走高，这就是为什么我们也会说"姜还是老的辣"。

吉尔福特智力结构模型：由乔伊·保罗·吉尔福特（J. P. Guilford）提出。他用因素分析法去检验和智力相关的任务，然后将智力的结构变成了类似于化学周期表一样的开放模型，等待以后的专家不断发现新的"智力元素"然后补充进来。在模型最初，有40个因素被确认，迄今为止已经有超过100种因素被发现和确认。可以想象人的智力是有多么复杂了。

智力三因素理论：由罗伯特·史坦伯格（Robert Sternberg）提出。IQ测试不能包含全部智商行为，他将智力划分为成分性智力、经验智力和情景智力。这里的情景智力很值得一提，可以理解为我们通常说的街头智慧或者商业头脑，情景智力高的人不一定会在传统IQ测试里取得好成绩（我们经常会听说自己某个成绩很差的小学或者初中同学没有考上大学，但是做生意却发财了）。

情商（EQ）：哈沃德·加德纳（Howard Gardner）提出了多元智力理论和情绪理论，于是情商也被包含在了智力之中。

☆ 如何提高"智力"？

把这个作为一个问题来解决，思路如下：

为什么要提高智力？（为了发财？为了高分？为了泡妞？你的根本需求是什么？）

提高哪方面的智力？（有这么多不同维度的划分方式和智力因素，到底提高哪些能符合你的根本需求？提高记忆力？解决问题的能力？还是情商？）

如何提高这部分智力？（如何提高记忆力？如何提高情商？）

已经有很多书提到一些通用的方法，书单在此，领走不谢。

首先来说《哪来的天才？》。这本书以许多公众眼中的"成功人士"为案例，深入浅出地揭开了他们成功背后的原因。

然后不得不提到《一万小时天才理论》（应该已经被说烂了）。

记得《侠探杰克》里破案的关键所在吗？一个聪明但没有经过太多训练的狙击手VS一个并不聪明但进行了超高强度训练的狙

击手，处理任务的思路是不一样的，后者的方式远远优于前者。汤姆·克鲁斯在里面有段台词，如下："他智力一般，但是因为已经进行了成千上万次的训练，下一步要做什么已经不需要思考，是下意识的决策，这就是为什么他有着异于常人的判断。"

除了刻意练习，还应该有合适的学习方法来减少练习时间提高效率。推荐《学习之道》这本书，作者乔希·维茨金13岁就获得了象棋大师的头衔，而现在却是一名太极推手大师。他的学习之道非常有借鉴价值。

另外，《为什么大猩猩比专家高明》这本书从人脑决策的角度来说"聪明"这件事，也值得一读。

高中的时候我们的年级第一名在我的同学录上贴了李洛克（日本动漫《火影忍者》中的人物）的贴纸，留言是：做一个勤奋的天才。

读书的价值在哪里？

这里衍生出三个问题：读书价值如何衡量？读书数量是否和读书价值正相关？用何种方法读书才能体现出读书的价值？

☆读书价值如何衡量？

对于价值衡量，每个人有每个人的标准，社会也有社会大众的普世标准。你可以说读书的价值是让自己读的时候感到高兴，也可以说它的价值是为了帮你通过面试找到一份好工作，还可以说它的价值是帮你升官发财。

我并不认为"书中自有黄金屋"的价值观就是错误的，就算比"读书是为了享受读书的乐趣"低俗，也没有觉得任何带着功利性目的读书的人就应感到羞耻、羞愧。相反地，我为那些读了那么多书还无法接受社会客观存在多元化价值观的人，那些不能够站在他人角度理解他人价值观的，视野狭窄和心胸狭窄的人感到羞愧。

所以我不太赞同许多人的动机错误结论，即"你×××不成功是因为你的动机错了"。难道读书除了休闲娱乐陶冶情操以外别的目的就是错误的？如果你读书的目的就是为了面试，这样的目的就注定没有好结果？

从学术角度来看，我并未找到有研究可以证实"超越目的的动机"的成就高于"有目的的动机"。反倒有研究表明，在智力相同的情况下，有明确目的的人在许多任务中的表现都将更好。

相反地，如果你就是抱着价值外显的目的，用对方法读对了书，通过了面试找到了好工作，努力工作为社会创造了价值，难道不该为你感到高兴吗？

虽然有的时候会有价值冲突，比如，我看漫画书的时候很高兴，但是看漫画书不能帮助我通过面试，如果通过面试需要看我不喜欢看的书，那我到底要看不喜欢看的书还是看漫画书？

想要短时享乐或者先苦后甜，只有你自己高不高兴，既无对错，也和他人无关，价值标准是你自己决定的。

☆读书数量是否与读书价值正相关？

我看到这一题想到了克利夫·斯托尔（Clifford Stoll）的一句话：数据不是信息，信息不是知识，知识不是理解，理解不是智慧。

这里我个人的价值假设是：书是信息的一种呈现方式，一种载体，读书的本质是获取信息，获取信息的价值是产生智慧，从而利用其创造新的社会价值。

数据链接后成为信息，信息模式化后成为知识，知识场景化后成为理解，跨领域的理解互相融合成为智慧。

所以，假设你读了200本书，如果它们不是原始数据，是经过整理的信息和知识，你不能够理解它们，也就仅停留在"知识"的层面。你知道了地球是圆的、砖头是方的、人不吃饭就会死，但你尚不能通过这些知识来产生新的洞察和见解。

从什么也不知道的状态到某个领域的专家的过程中，经过Know-What，Know-How，Know-Why，最后才能进入Know-Best。初期是信息收集者（读了200本书），然后你变成学习者（去理解总结每个领域的架构、原理、他人经验，并将其融入你生活的上下文），最后你变成智慧人（通过将学到的东西运用在你的生活中，你学会了判断、决策、理解，产生新的知识、信息和价值）。

☆ 用何种方法读书才能体现出读书的价值？

首先，要了解自己读书的目的。如果你自己的价值假设是读书以兴趣娱乐为目的，那就没有看这个的必要了，爱读什么读什么。

但我猜想大部分人读书是有目的的，只是有的人目的模糊，有的人目的清楚，那么读书就是一种你达到目的的工具和手段。没有什么不好承认的。

以我个人为例：我自己的读书目的有很多，大学以前基本是以娱乐为目的，看了很多小说漫画；大学的时候是以兴趣为目的，想探索一些答案，看了一些哲学类、政治类的书。即使这些答案似乎对我升职加薪找工作没什么用，但是自己就是想去看，过程并不那么愉快，因为这类书通常都晦涩难懂，但一旦解开了谜团，结局总是豁然开朗；后来因为心情不好，就找了很多书来调节情绪，效果也不错；再然后因为想换专业，就纯粹为了恶补另一个专业的知识看了很多书，然后转型成功。过程不尽然高兴也不尽然痛苦，但结果合我期望。

当然我的读书目的一直都挺清晰的，但我周围的大部分人并没有清晰的读书目的，尤其是大学生或者刚刚参加工作的同学，有可能处在迷茫期，希望可以读读书，估计会有个模糊的目的是

"提升自己"。那么就可以继续细化这个模糊的目的：是提升专业技能，沟通能力，还是单纯想掌握一些原理知识？总可以找到对应领域的书籍。

但别忘了，阅读只是学习的一部分。

其次，要选对书。最快的选对书的方式就是找有经验的人。如果身边没有，那就好好利用网络。现在自媒体这么发达，各种类型的社区都会有书单推荐。这部分我们会在下一篇文章详细来说。

再次，会用书。这里说到的"会用"可能就是"外化"（当然，还是那句话，你读书是为了开心，可以不用管能不能用）。

我个人习惯把书的内容层次分成"魂、道、术、器"。以设计专业为例。

魂（理念）：老子（无为而治的境界）

道（规律）：交互设计沉思录（交互设计的思考与价值观）

术（方法）：用户体验面面观（设计方法大全）

器（工具）：Axure使用指南（一种原型工具的使用手册）

我个人觉得无法将书本价值"外化"的原因有两种。

一种是有术器无魂道，会用各种软件工具，但是不明白设计原理不思考，不了解其中的"道"。做的设计缺乏理念没有思考，哪怕你工具用得再熟练，最后只能沦为美工。这是匠人与大师之间的差距。很多工作了许多年却受制于职业瓶颈的人也大多囿于这种差距。他们往往还反感一些关于道的书籍，觉得假大空，但其实他们正是缺了这一种从宏观上归纳的能力。没有归纳也就没有演绎，不懂如何举一反三，无法让自己的能力和事业更上一层楼。

另外一种就是无魂、无道、无术、无器。很多人其实都是这种情况，魂、道、术、器都沾了一点，但工具用不好，理论也不深厚，干个活儿也干不熟练。

有可能很多人会问：也有"有魂道却无术器"的情况吗？有。这种情况在媒体行业很普遍。曾经有一个写新闻评论的朋友和我说，他自己之前写起产品点评来觉得自己特别厉害，分析得头头是道，结果自己出来创业了才知道什么叫"纸上得来终觉浅，绝知此事要躬行"了。

但如果你只读了一堆老、孔、孟、庄、维特根斯坦、苏格拉底、斯宾诺莎，术和器在哪里？如果没有特定领域做依托，他们又如何呈现呢？

当然有，纸和笔。这也是媒体人的优势所在。他们并没有行业具体从业经验，但是可以通过这种方式将他们观察到的信息结构化地表达出来，也是一种很厉害的能力。

所有读过的魂和道都可以外化，哲学的演化和推进也是基于对前人不断进行融合和更新。读的一堆经济学、心理学、社会学在实践中怎么用？你做过任何心理学、社会学实验吗，写过实验报告吗？

如果没有条件做实验，还可以做调查。这些不都是外化渠道吗？

读了一堆小说怎么用？你写过书评吗？你研究过故事情节规律吗？你自己动手写过小说吗？这些不都是外化渠道吗？

读了一堆心灵鸡汤怎么用？你研究过心灵鸡汤套路吗？你自己写过心灵鸡汤吗？这些不都也是外化渠道吗？

即使没有这些显性外化，一些隐性外化也会随着你读书的广度与深度而逐渐显现出来，尤其是魂道类的书籍，所以也不要低估它们的力量，没显现出来只是因为积累不足，经历不够，时间未到。

魂道总有外化方式，写写读书笔记、读后感总可以吧。不怕外化不了，只怕其实是无魂、无道、无术、无器。

当然了，读书只是学习的很小一部分，去用、去实践、去讲授，才会达到综合良好的效果。

如何真正将读过的书牢记于心

无法坚持读书的各位同学一定会有如下感受：

怎么读得这么慢？（不想读了！）

好累啊，这样的人生还要坚持多久？（不想读了！）

我果然是个没有毅力的人……（自尊心受损）

我今天没有读书……（负罪感产生）

然后还是该干什么干什么，晚上还是看电视剧去了，还是没养成读书的习惯，也还是记不住书里的内容。

☆阅读效果是由哪些因素决定的？

先来了解与这个题目有关的两个心理学的基本概念。

戴维·奥苏伯尔（David Ausubel）的认知同化理论：学生能否习得新信息，主要取决于他们认知结构中已有的有关观念。当有意学习发生时，也就是新知识与学生认知结构中已有观念发生相互作用时，这种作用的结果导致新旧知识的意义同化。

艾宾浩斯遗忘曲线：遗忘在学习之后立即开始，而且遗忘的进程并不是均匀的。最初遗忘速度很快，以后逐渐缓慢。艾宾浩斯个人使用无意义音节作为记忆材料，20分钟后就遗忘将近一半。

不管你当初用什么方法记忆，如果不复习，就会逐渐忘记。

如果说这些是"道"，那么转化到"术"怎么操作呢？

第一步：选对书

很多人，尤其是没有长期阅读习惯的人很少会意识到选书是个重要的事情，因为觉得"书"就是好的，"有营养的"。

最后买了书的结果就是看了两章索然无味，然后丢在一旁积灰，并且自己还有负罪感。

问题在于你选的书可能：

1. 本身内容质量差。

2. 和你认知结构中的知识产生关系太少。这就是为什么很多新手入门的书喜欢举生活中你能明白的例子。

3. 你不喜欢。我没事干不会强迫我自己去看完全不感兴趣的书籍，效率太低。

三个建议：

1. 花多一点时间挑书。找人推荐，看豆瓣评价等。

2. 初次接触一个领域的时候不要马上购买"大部头"，多问一些人，求得"初学者最佳入门读物"。

3. 试读。读了一章就发现"好想睡觉啊"，完全读不进去。相信我，你要么是挑了一本非新手入门的好书，要么是"你根本不适合这个领域，换个领域吧"。

第二步：选对阅读方式

就像刚才说的，每个人的认知方式是不同的，阅读目的不同、书的类型不同，阅读方式也应该是不同的。

曾经有个老掉牙却很实在的比喻说，我们学习不应该像海绵，什么水都吸，而应该像采蜜，只取精华。

你的时间和精力都是有限的，许多人总觉得"没有通篇细读和100%记住就不算读过这本书"。就是这种理念使得许多人觉得读书很累很慢，没有成就感，最终还是不喜欢读书。

首先请放轻松，读书是一件很轻松愉悦的事情，尤其是你在第一步做到了"选对书"后，你读起来应该是眉飞色舞、欲罢不能才对。

然后就是把你手里的这本书按照以下经验分类。

精读：非常经典并且薄的书，价值很高，需要一遍遍反复读。

通读：一些新的专业领域需要扫盲的书籍，有些内容出现后可能不明白，但不死磕，保证能囫囵吞枣过一遍就行。

查读：功能性大部头。比如《消费者行为学》《营销管理》，我都是查读的，碰到相关领域的问题才会去查相关章节。这种书不到用时你死记硬背意义不大不说，记忆效果也不好。

扫读：小说、传记类和一些畅销书。比如《乔布斯传》什么的，还有《向前一步》之类的畅销书，其实精髓就那几句话，随便翻翻，碰到废话就跳过去，领会精神就好。

再然后，你就可以开始读啦。

第三步：首次阅读计划

你可以先无计划地读20页，看一下自己的阅读速度。请按照你正常阅读速度稍慢一些的节奏来，不要打鸡血似的读得超快。

然后按照每天读半小时书这个量来算算你读完这本书需要花多久。心里粗略有个数就行，不要给自己压力。

这一步如果不是为了应考并不是必要的，我平时读书是不做阅读计划的。读得开心就好了。

第四步：针对性记忆的复习

开头说过了，不管你当初是用什么方法进行的知识深加工，不复习，必然会忘记，只是忘得速度快一些慢一些（两个月以后基本都一样）的区别。

首次阅读就像过滤器，你需要判断手里的这本书是否值得你花时间。

1. 值不值得记住？

2. 哪些地方值得记住？

3. 记住以后可能有哪些用处？

通过这三个问题提高你对于阅读的元认知水平，既节省时间，又可达到期望的效果。不要试图贪心地想："我要全都记住！倒背如流！"一来这样性价比不高，二来你的信心受挫后造成不愿意读书的后果比你记不住书中的内容更糟糕。

另外，很同意一些人说的，读书的目的不是记住，而是让它和你已有的认知交会融合后产生新的知识，悟到、思到、乐到。这就是我的读书观。

⬤ 学过的东西很快就忘了怎么办？

敬告：上文所提到的各种方法大都经过各大院校及研究机构多年研究和实验。如果你照做了但发现"老天爷，骗人啊，没用啊"，那么有可能是以下五种原因所导致。

1. 操作不当。你看看下厨的人按照原菜谱做出的菜真是什么都有，就能知道什么叫"成功的菜都是一样的，不成功的菜各有各的丑"。

2. 先天因素。不多说。

3. 实验限制。实验都是在一定条件下进行的，有解释和应用的范围，并不是万金油。

4. 以上实验在解释范围内均有问题，实验结果其实是错误的。如发现这一点，恭喜你，赶紧写一沓文章证伪它们！

5. 以上某个理论已被证伪。

还是从"道""术"和"器"说起。

☆道

我们需要先知道三个有关记忆的概念，来了解为什么我们会遗忘，以及怎么防止遗忘，从而建立记忆（对于其他记忆相关知识可以参考心理学与生活）。

Atkinson-Shiffrin 多重记忆系统模型

根据多重记忆系统模型，我们可以知道一个众所周知但是往往得不到重视的结论：得不到注意的感觉记忆会丢失，得不到复习的短期记忆会遗忘。

所以让短期记忆变为长期记忆的唯一解是：不断复习。

记了笔记但如果不配合复习的话也并不会起到太大作用。

艾宾浩斯遗忘曲线

我们可能都知道艾宾浩斯遗忘曲线，但很少有人会主动将其应用于学习中。

艾宾浩斯用无意义音节做记忆的内容，用节省法计算保持在记忆中的数量。可以发现开始的时候遗忘发生得特别快，然后开始减缓，但其实也没留不下什么东西了。

流体智力和晶体智力

流体智力指的是知觉、记忆、运算速度、推理能力等基础能力，这部分基础能力在25岁左右达到高峰，之后会衰退。这就是为什么很多人都会抱怨"老了健忘""老了学不进"，也即"原来学生时代还是很好，现在上班了感觉越来越差了"。

晶体智力与流体智力相对应，是指在实践中以习得的经验为基础的认知能力，如人类学会的技能、语言文字能力、判断力、联想力等。

☆ 术

来看四个能帮助你记忆的方法。

精细复述深加工

新记忆的信息对你来说很可能是无组织的，这时候就需要让它们变得有组织，并且能够在你脑海中停留住。记笔记也是一种精细复述方式，但是很多人其实"不会"记笔记。可以试试康奈尔笔记系统（Cornell Notes Taking System）。这个笔记系统对于读研读博搞学术研究的同学最有用，其他领域可能需要自己再根据具体情况改造一下。

还有老生常谈的脑图（Mind Map Memory Maps）也是。托尼·布詹（Tony Buzan）不推荐看。

关于深加工，有个好例子是《英语词汇的奥秘》这本书。它能让你了解到其实英语单词也有"偏旁"，当你赋予"偏旁"意义的时候，突然发现你记忆起来轻松多了。甚至没有见过的单词但是见过它的"偏旁"，都能差不多猜出这个单词是什么意思（和中文一样）。

设置复习时间表

可以借鉴杨鹏的《17天搞定GRE单词》里的背单词时间表，将你要记住的东西也拆分成单元（比如以一章为一单元），然后按照时间表来反复记忆。我用了这个背词法后，我所有需要记忆的东西都用了这个方法，效果卓越，考心理学研那会儿《心理学导论》整本书我几乎都倒背如流。

打破记忆位置

背单词时，在中间的内容总是容易被遗忘的，所以复习的时候多换换顺序，这也是很多单词书出"乱序版"的原因。

设置多个"记忆提取书签"

有时候你会发现你在书上能记得某个知识点，跑到试卷上就不认识了。如果这种情况经常发生，那么在精细复述和深加工时请多换换记忆背景，比如，可以举一反三，或者用两本或三本不同教材的教辅，从不同角度练习。

☆ 器

每个需要记忆的内容性质都不同，每个人的特质也都不一样。以上也是一个思路，泛泛而谈，我们能做的是掌握精髓，举一反三，根据以上原则，在不同领域选择不同的器。

选择适合自己的书，根据具体情况制订计划和实施上述记忆方法。

坚持，坚持就是胜利。

学霸们是如何高效率地学习、工作、生活的?

这个问题本质上是如何提高劳动生产率,然后高效率地学习、工作、生活。

各位"学渣"(如我)看完各种时间管理工具后,大部分人的反映应该是"好麻烦啊"。

我"人肉"实验过所谓GTD(Getting Things Do的缩写,即:把事情做完)的各种时间管理工具,失败原因如下:

1. 懒到连统计都不想做。

2. 你以为你不知道你的时间都上哪儿去了吗?你知道的,刷微信、刷知乎、打游戏、瞎晃荡……你要是能控制好自己的时间你也不用做什么时间统计了。

时间统计是给勤快人的工具，不是微懒界的福音。

所以我来谈谈适合"学渣"进化成"学霸"的可行方法。你可以继续刷微信、刷知乎、打游戏……不妨碍。

我本科经济学GPA 2.75（大一GPA 1.6……），硕士交互设计成绩单GPA 3.87，最后两学期都是满分通过。同班的同学本科大都是一流院校（清华、复旦、上交、北航、中山、同济），我等"学渣"突出重围也是不容易。

后来我自学了心理学，毕业后第一份工作是做用户研究员，然后又自学了交互设计，跳槽到另一家公司做交互设计师。后来觉得自己的自学水平还不够，需要深造，就申请去了传说中的PolyU，即香港理工大学，读了交互课程。

学渣们该如何高效率地学习、工作和生活，变成学霸呢？

企业管理和GTD都流行魂、道、术、器，不敢谈魂，器也没什么好谈的，各领域的器都不一样，没有太多普遍性。

只谈"道"和"术"。

☆道

在每做一件事之前，都请问自己一个问题：如何提高杠杆率？杠杆率这个词已经在这本书里反反复复出现了，希望大家可以牢牢记住。

学霸般高产出的杠杆率影响因素如下：

学霸般的高产出＝浓厚的兴趣＋高智商＋高效学习方法＋高劳动密度

兴趣是最大的杠杆率，想一下你为什么可以不眠不休刷淘宝，不眠不休打游戏吧……高智商就不说了，高智商的人是另一种生物。但其实你也可以拼一下。

劳动密度大的生物，也就是狭义上的学霸，也是很多学霸之所以成为学霸的原因，但是一般这种勤奋也和流体智商一样是天生的，和我们这种天生微懒界的生物也是不一样的。你很少听说有人以前很懒后来很勤奋的，你也很难上个月很懒，这周看了学霸的时间表就变得勤奋起来。

而学习方法则天生是微懒界的福音，一旦掌握，你就可以尽情偷懒了。所以你可以做的两件事是：

1. 趁年轻，多找点事情做，拓宽你的人生宽度，发现你真正喜欢的事情是什么，然后再加深你的人生深度。

2. 找到一个高效的学习方法去提升你做某件事的杠杆率。

所以比尔·盖茨说：我总是会选择一个懒人去完成一份困难的工作。因为，他会找到捷径。

明白"提高杠杆率"这个道理后，一定记得时刻把它作为最高纲领铭记于心，防止资源不必要的浪费。

另外，还有一句话值得记住：人生是一场开卷考试，请充分利用你所能拿到的所有资源来答题。

说个老故事：一小孩搬石头，父亲在旁边鼓励：孩子，只要你全力以赴，一定搬得起来！最终孩子未能搬起石头，他告诉父亲：我已经拼尽全力了！父亲答：你没有拼尽全力，因为我在你旁边，你都没请求我的帮助！

☆ 术

学习方法听起来挺虚的，所以来举几个实际的例子吧。

完成一个全新领域的项目

我曾修过一门课程叫互动建筑课——做一个互动装置。这个课只有答疑辅导和阶段性检查，没有讲授。这是一个两周的任务，我们是全班人数最少而且唯一没有本科相关专业（工业设计、机械、计算机）的团队。我本科学经济，另一个队友本科学的是导演，但最后是班里得A的两队中的一队。

明确目的：用最快、最有效的方法做出一个可以顺利工作的装置。

排除目的：不是技术考试，技术创新不加分。

问题：如何提高杠杆率？

1. 宏观思考提高杠杆率

学设计出身的设计师有个爱好，就是头脑风暴，不受限制地头脑风暴，但做紧急项目的时候，这种爱好经常会让步子太大。工作的时候，会有项目经理来控制项目层面的东西，一旦脱离项目经理，自我项目管理的时候就会摔跟头。

许多组有很多特别好的想法，但是在前期没有考虑过实现的难易程度和成本，结果一次一次实验，最后非但没有做成，还花了好多钱。

我们一开始就考虑到了成本预算和技术实现难度，决定一定要用最少的钱、最简单的技术达到最好的效果。亚克力是成本非常低的东西，学校的激光切割又是免费的，我们就咬死用这种材料做，并且开始原型尝试的时候都是用最便宜的板子做单体小模型。

有了这些限制以后，我们就开始看大量作品，然后找到了一些有意思的机械装置，根据难易程度，筛选了以后确定了我们的作品方向。

2. 借鉴、临摹提高杠杆率

做这个需要用到简单的Arduino编程。我现在都不怎么会写Arduino，但是我可以抄和改写别人的代码来做东西，当时好多同学真的是抱着书啃，自己学写、原创出来的代码。好几队都到最后一刻了，写的东西还是跑不起来。很多人下意识会觉得抄别人的代码是不对的，因为从小被教育不要抄作业，不要抄袭，要原创，但请弄清楚你做一件事情的目的是什么。我当下的目的是，用最快、最有效的方法做出一个可以顺利工作的装置来，不是让你秀你多快能学会编程！

3. 场外经验求助甚至代工提高杠杆率

做成这个装置还需要会简单的机械原理，知道怎么设计和画出各种亚克力零件并把它们组合到一起搭成你想要的原型。我向两个学机械的高中同学电话求助，一个帮我脑测我设计的东西能不能工作，另一个直接帮我画了运转非常润滑的齿轮。周围的许多学工业设计的已经忘记了怎么画齿轮的同学自己画齿轮，结果导致做出来的东西跑起来疙疙瘩瘩的。电路方面我也找了学EE的同学帮忙看哪里出了问题，以及如何解决。

☆读书

我看书的速度是平均3天一本扫读类书籍，每天1小时左右的阅读时间，之前是在通勤路上。我的阅读速度在中上，你们应该也可以这样做。有些书是我的催眠读物比如……GEB（数学家哥德尔、版画家艾舍尔、音乐家巴赫三个名字的缩写）……睡眠再差的夜晚，看着看着就睡着了。

1. 选一本你感兴趣或者能解决你问题的好书

如果之前没有读书习惯，但是想养成读书习惯的同学开始的时候可以找点好玩好看的书来看，不要为了装得有文化而去买那些即使手机坏了的时候也不会想看的书……（血的教训）。

最好是带着疑问去看书，比如我最近就想学学怎么写文案，就买了本《华尔街日报是如何讲故事的》来看，因为你有问题了，所以看书的感觉就像寻宝一样带劲儿啊。

2. 学会"读"书方法

一定要放弃读书就是"从头到尾每一个字都不放过"的读书法。首先把书分类，然后对症下药，如前所述。

3. 选对教材

有的时候一门课学不好不要埋怨自己，因为有可能是教材的原因。有一段时间，我感觉自己的概率论和数理统计入不了门，看一会儿书就想睡觉了（用的高教的教材），后来我去搜有没有别的教材，发现了《统计学的世界》和《爱上统计学》这两本神书。这真的是给我这种没有什么抽象思维的人看的，大量实例，深入浅出，一看就懂。

后来自学实验心理学，也是看杨治良的教材入不了门（没有黑这位老前辈的意思，我天性愚），后来看了《实验心理学——通过实例入门》和《实验心理学教程——勘破心理世界的侦探》这两本书就果断康复了。

编程学渣应该都知道*Head First*（O'Reilly出版社发行的一系列教育书籍，中文一般翻译为"深入浅出"，它强调以特殊的方式排版，由大量的图片和有趣的内容组合构成，而达到非疲劳的沉浸式学习效果）系列，当学霸们看O'Reilly动物封面的时候，你看*Head First*不要觉得不好意思，因为真的很有用啊。

其他很多学科入门也可以看有名的傻瓜入门教程*For Dummies*《傻瓜书》系列。

4. 其他

《如何阅读一本书》应该是我读书方法的启蒙读物。大家可以通读一遍。读研究生的同学也可以找一些文献检索方法论还有如何做综述的文章来看，会很有帮助。

让你的时间多出一倍的毛毛虫日程

首先要说的是，这是我自己的简易时间管理方法，不一定对于你也适用（尤其不适用于高中生），在这里分享的内容仅给大家提供参考，比较适合试过GTD但是失败的同学。

作为一个有严重拖延症的懒蛋，我用这种管理法做了很多事情。在我最忙的时候，一个人同时更新着公众号、选品、发货、找合伙人、找投资，同时还在给出版社翻译一本设计类的书。

☆第一步：将事情按价值区分

对我个人而言，时间管理的目的是：减少无价值的时间浪费，提高有价值的时间效率。

时间的价值是什么？

因为从小所受教育的原因，很多人把娱乐也当成"浪费时间"，说节约时间的时候总是在缩短自己的娱乐时间。其实这里说的"无价值"时间并不是这样的。

以我自己举例，对我来说有价值的事情是：

可以帮助自我提升价值（e.g 读书）

可以获得与我能力相对应的单位时间经济利益（e.g 工作）

可以让我开心（e.g 看电影）

对我来说没价值的事情是：

不能帮助自我提升价值（e.g 刷朋友圈）

不能获得与我能力相对应的单位时间经济利益（e.g 订餐、打扫卫生）

不能让我开心（e.g 无效社交）

有些同学可能会说："刷朋友圈也能学到很多东西呀。"

这里"是否有价值"是个相对的概念，并不是绝对概念。虽然你可能能在朋友圈看到一些有价值的文章，但是和系统高效的读书比起来，单位时间收益明显很低，碰到让你"胜读十年书"的文章的概率少之又少。所以别骗自己刷朋友圈能学习了。

当然，每个人对于"有价值"的标准是不同的，你需要找到你自己的价值衡量标准。不过如果你还没有自己的价值体系，可以参考我这个先练习一下。

对于没有价值的事情，我的态度就是"能不做的就不做""能花钱的就不自己做"。有一些事情对我来说已经是重复的工作的时候，我就会把它"外包"出去。比如，前段时间翻译的书稿还有封底和译者介绍没有翻译，我就按照市价包给了另一个设计师，因为用于翻译的这个时间，我可能都能看完一本能让我的经济利益翻倍的书了。

☆ 第二步：毛毛虫日程

我通常会把事情分成"碎、短、长"三种。一天安排的日程看上去很像毛毛虫。

"碎"：一些15分钟以内就能解决的事情。我会把他们穿插在一天中4-5次完成，每次15分钟。比如，写文章写了1小时，就收收邮件，回复一下，给供应商打电话之类。GTD里面对于这种几分钟搞定的事情的意见是"马上去做"，但是我之前的体验是这样特别容易打乱整段时间的分配，突然有什么事情来了去做完，回头再去做整段事情的时候还是挺难进入状态的。

"短"：基本就是正常工作的事情，长的一周内能搞定，短的几个小时就能搞定。早晨做优先级比较高的事情，下午做优先级低的事情，因为一到下午我基本上都在打哈欠的状态。然后使用番茄时间，每30分钟为一个番茄时间，在30分钟内只能做一件事，不可以做其他事情，然后30分钟后可以休息10分钟。

注意：休息的10分钟不要去干那种你平时一干就停不下来的事情，比如，和别人微信聊天之类，尤其如果你是容易一聊就停不下来的人。推荐去做你平时不大愿意做、需要离开手机和电脑的事情。

"长"：长期计划的一些东西。比如，要读完一本书，可能需要一个月，每天都要读一点。这里的问题就是如果你把它放在每天的中间，它就会被你的"短"工作干扰，总是优先往后排。所以我一般都是一大早起来读书。还有一点是合理利用"垃圾时间"，比如排队、通勤、订完午饭等着吃的时候。

我在之前公司工作的时候每天要坐班车，路上往返加起来将近两小时。在车上读书伤眼睛，而听东西没什么问题，于是我用这段时间来学法语，效率很高。

最重要的事情

千规划，万规划，自己喜欢做的事情其实是提高效率的最有效的途径。比如，我从毕业到现在一直都很喜欢自己的工作，学语言和阅读也都是我非常喜欢做的事情，所以做这些事情效率都会比较高，大概和别人打游戏的感觉差不多。所以大家一定、一定要找到自己喜欢做的事情。

自控力极差的人如何自救？（附3周训练计划）

☆纯·浓缩干货预警

这篇文章结合了我这个有注意力缺陷的患者对抗自控力差的十几年的经验、麦格尼格尔《自控力》的真人实践、蒂姆·厄本（Tim Urban）的《为什么拖延症患者会拖延》（*Why Procrastinators Procrastinate*），尽可能做到操作性强并且可持续。

很多人都会很惊讶于我有ADD（注意力障碍）。

越小的孩子专注时间越短，12岁以后注意力可以维持在30分钟以上。但是ADD患者可能5分钟都坚持不住。比如，我听课不到10分钟就会走神，下课以后只能自己再重新看书。看电影也很难集中注意力，会经常暂停去干别的事情。

我还特别喜欢吃高GI食品（高GI食品，进入胃肠后消化快、吸收完全，葡萄糖迅速进入血液，血糖峰值高，但下降速度也快。比如辣子鸡）和喝酒。

但是在这种情况下我都以不错的成绩通过了托福和雅思，拿到了Distinction（证书），每年都能看至少50本书，掌握1个新领域的知识，写100多篇文章。

现在的我，虽然还没有戒掉辣子鸡，但已经成功戒酒。

我现在仍然有注意力难以集中的问题（比如，在写这篇文章的中途就数次跑到YouTube上看猫咪视频……），但是这并不太影响我的高产出。

我能够做到的事情，你同样也一定能够做到。

在看训练指南之前，我们先来认识一下自控力，这个是有效训练的前提。

☆ 自控力到底有多重要？

很多研究都发现先天的智力并不是做成一件事的核心，很多人总是觉得自己不够聪明，但更多时候其实是缺乏自控力。

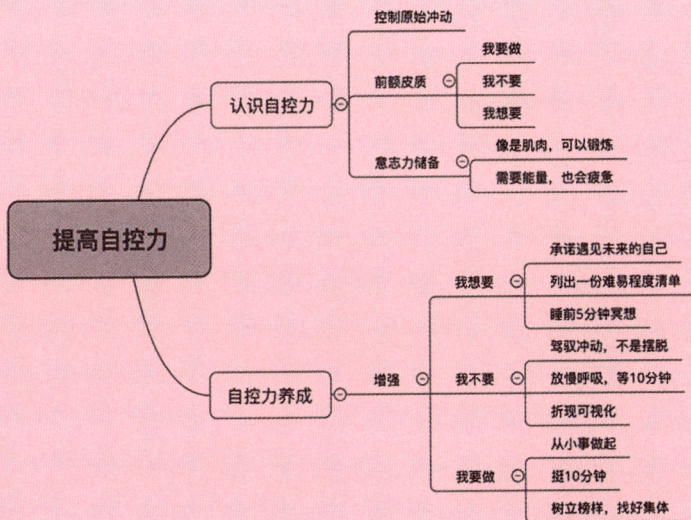

智力只要不是太拖后腿，自控力可以帮助你实现很多你可能想都不敢想的事情。可能你和另外一个和你差不多聪明的人的差距就在自控力上。

☆ 为什么我们会缺乏自控力？

著名搞笑科普博客的博主蒂姆·厄本在他写的《为什么拖延症患者会拖延》一文中用非常有意思的漫画把拖延症患者脑内的状况表述了出来。

　　没有拖延症的人，脑子里的决策是由理性驱动的，可以掌握自己生活的方向，朝长期目标努力。

　　而拖延症患者的脑子里则住着一只由我们原始欲望驱动的小猴子，小猴子的原则是及时行乐。当理智的你正打算干点正经事的时候，小猴子就会出来阻挠你。接替理性的你掌控你行为的方向盘，把你原先的计划搞得一团糟。

　　小猴子其实就是我们的原始冲动，比如偷懒、吃高热量食物等。这些原始冲动在环境恶劣的古代可以帮助我们存活下来，但是在现代社会，大部分时候我们并不需要这些。

反而，这种及时行乐的欲望会让我们离自己的长期目标越来越远。

☆ 如何驯服小猴子?

所以说，我们必须先明白一点：自控力差并不是你的错，而是小猴子的问题。

但或许正是因为你脑袋里的小猴子，你才能活在这个世界上。你得先要谢谢小猴子，并且找个办法和它和平共处，甚至驯服他，不要让他再控制你的"现代人类大脑"的方向盘了。

那如何驯服小猴子呢?

通过外力和内力就可以慢慢驯服小猴子。

外力是最后期限，内力是我们的脑前额叶。

Deadline就像一个大怪物，它越近，你的原始冲动中对于"危险"和"恐惧"的信号就越能压过"及时行乐"的信号，小猴子就害怕得躲回树上去了。

所以我们在大部分Deadline的任务中，临时抱佛脚的产能出奇地高，往往一个晚上就把一个学期的课都学完了……

但是并不是所有的目标都有一个客观的Deadline，不能只借助外力来完成某件事。我们还必须把"理性人船长"找回来，只

没有拖延症的人的大脑

有他强大到可以打过小猴子，小猴子才不能来捣乱。

而这个"理性人船长"，是我们大脑的一个区域，叫"脑前额叶"。

很多脾气不好、控制不住自己发火的人也是由于脑前额叶不发达导致的。

☆ **脑前额叶是什么？**

顾名思义，脑前额叶就是在额头位置的大脑皮层。

这块大脑皮层主要负责我们的记忆、判断、分析、思考和操

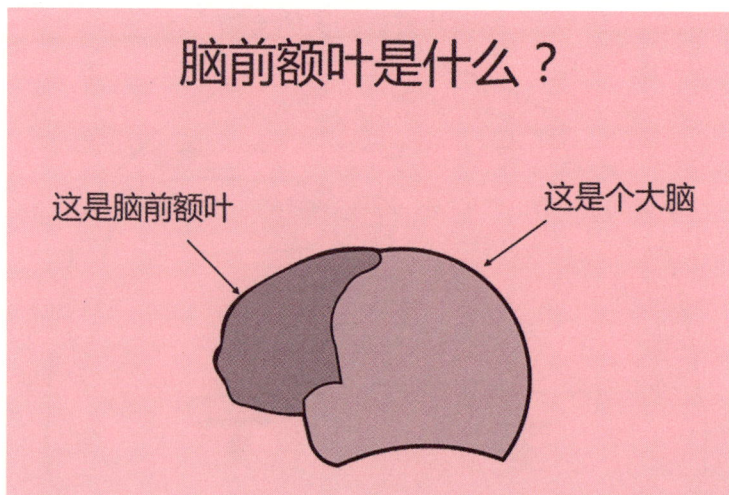

脑前额叶是什么？

这是脑前额叶　　　　这是个大脑

作，如果它受到了损坏或者不够发达，就会发生注意力障碍、情绪波动大、不会计划、遇事不会解决等种种问题。

☆ 前额叶的力量

前额叶在自控力中掌管着三个力量：我想要、我不要和我要做。

我想要，就是我们真正想要的东西，也就是我们的长期目标。

我不要，就是那些妨碍我们长期目标实现，但是能够带来即时快感的诱惑。

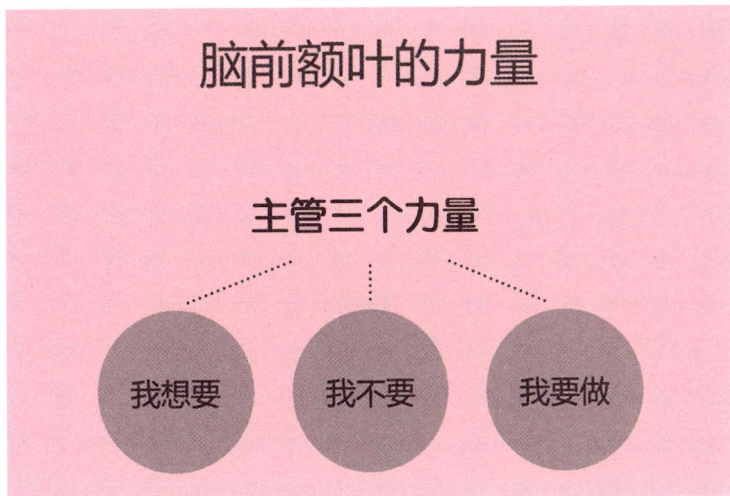

脑前额叶的力量

主管三个力量

我想要　我不要　我要做

我要做，就是为了得到我想要的东西做的任务。

如果这三个力量能够加强，我们的自控力也就能够提升了。

☆ 前额叶的特性

这里有四点需要记住：

1. 自控力不可能一天之内就突然改变。

2. 前额叶和肌肉一样，是可以通过循序渐进的训练改善的。

3. 前额叶和肌肉一样，会有能量消耗也会感到疲惫。

4. 前额叶和肌肉一样，可以通过训练提高耐受性。

脑前额叶的特性

可以训练　消耗能量

很多同学总是突然下定决心"从明天开始"搞一个大新闻。坚持不到两天就放弃了。这是因为他们并不了解脑前额叶的养成和举重一样，一个平时没有练习的人，不可能说举就能举动100公斤重的东西。

我们经常会误解意志力是一种可以迅速克服的"个人品质"，但其实脑前额叶是生理问题，我们必须正视这一点。

但好消息是，前额皮质也和肌肉一样是可以被练好的。

另外，自控力也和我们的体力一样，是有限的，会被消耗。我们可以通过训练让它更耐耗，但是不要指望开始的时候就一口吃个胖子。也不要以为它每天就那么一点固定的量，所以干脆就干很少的事情。

我们需要通过训练让我们的脑前额叶越来越发达，越来越耐受。

☆ 超级前额叶养成训练

终于说到如何训练了。

整个训练的框架都是围绕着提高"三力"而做的。要加强"我想要"的欲望，让你的长期欲望变得比短期欲望更加强烈，让"我不要"的拒绝力量增加，最后让"我要做"的执行力持续。

在开始前一定要记住的三个训练原则，也是很多心急火燎的

加强三方力量

我想要
（的结果）

我不要
（做的事情）

我要做
（的任务）

训练原则

由简入难

循序渐进

别有压力

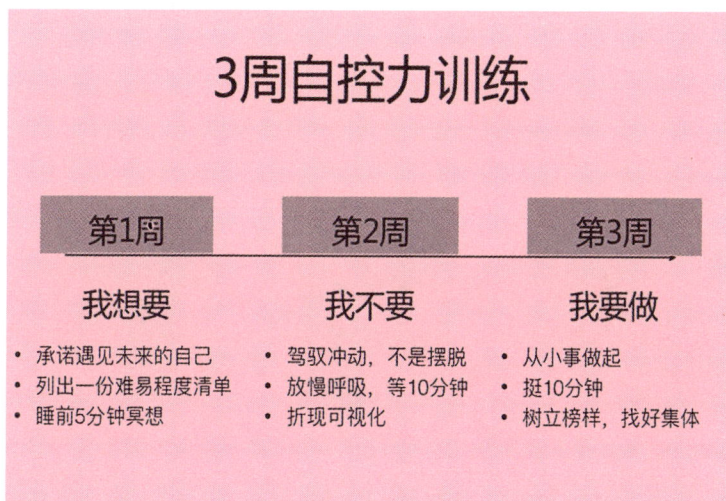

同学容易犯的错，导致最后欲速而不达。

看完上面的原理和原则并且充分理解了，就可以开始为期3周的自控力训练了。

1. 第1周：增强"我想要"区域的力量

第1步：承诺遇见未来的自己

我们需要设置一个时间限制，新手可以从3个月甚至1个月开始，逐渐设置得更长期一些。

设置难度从简单到高的目标。

需要注意的有两点：

3个月后的自己

没有牙菌斑
体脂不增加
英语词汇量1万

易
↓
难

第一点，目标是一个结果，而不是一个任务或者动作。比如每天坚持刷牙两分钟，这是个任务而不是结果，这个任务带来的结果——没有牙菌斑和蛀牙——才是你的真实欲望。

很多同学都会搞混任务和结果，错把任务当目标，这样很容易放弃，因为没有感觉到目标给你带来的好处。

第二点，不要贪心。大部分同学容易犯的最大错误就是一时心血来潮就想"变成全新的自己"，给自己立志立一大堆，结果一个也完不成。

一次最多列3个目标，并且需要一个一个来，不要3个一起做，一个完成了再开始另一个。

第2步：列出一份难易程度清单

有了目标，就可以设置任务了。任务和目标一样，从简单到复杂，最多3个，一个一个来。

任务一定是可以量化的。比如，"每天背单词"就不算是个好任务，因为不能考察，背一个也算背了。"每天背50个单词"才能算是一个任务。

最好的形式是检测形式，比如"每天完成一个50个单词量的室友抽背"任务，效果更好。

任务清单

目标	任务	易
没有牙菌斑 体脂不增加 英语词汇量1万	刷牙坚持2分钟 不吃高GI食品 每天背单词50个	↓ 难

第3步：睡前5分钟冥想

建议每天睡前5分钟进行冥想。

本来的冥想通常是让大家"观"息，就是把注意力集中在呼吸上。但是我发现把注意力集中在呼吸上对入门者来说简直太难坚持了。

所以推荐用幻想加强自己的"我想要"来代替观察呼吸。

闭上眼睛，想一下完成清单上的事情后不一样的自己是什么样子的，越具体越好。

不要害羞，也不要觉得很可笑不管用。大胆去幻想，这时候幻想得越具体，大脑中"我想要"的欲望就越强，"理性人船长"就越可能打败猴子。

不需要打坐，平静地躺在床上放慢呼吸冥想就可以了。

2. 第2周：增强"我不要"区域的力量

第1步：驾驭冲动，而非摆脱

这是另一个常见的坑，就是不能和自己的原始欲望和平共处，导致"讽刺性反弹"。越想"不能吃辣子鸡"，就越满脑子都是辣子鸡。

所以需要调整好心态，告诉自己，我就是喜欢吃辣子鸡，我不需要摆脱这种想吃辣子鸡的冲动，我只需要和它和平共处就可以了。

这样你的压力就会大幅度降低，也不会出现压抑了很久突然狂吃的状态。

第2步：放慢呼吸，等10分钟

如果有想吃辣子鸡或者想偷懒干别的事情的冲动该怎么办呢？

首先不要抑制自己说"不行"。这是没用的。

我们最开始要做的就是停下手边所有的事情，同时放慢呼吸。不要觉得放慢呼吸是不必要的，非常必要！放慢呼吸可以让你的原始冲动变得不那么冲动。

然后就这样慢慢呼吸，等10分钟后再想你冲动想做的事情。如果10分钟过去了，你仍然想做，那就放心大胆地去做就好了，不需要有罪恶感。如果10分钟过去你不想做了，那就不要做。

只需要坚持这样做就可以了，不需要抵触你的欲望。

看似简单的两个小动作可以大幅度降低你的即时冲动频率。经常这样练习，你会发现自己的自控力不知不觉就提高了。

第3步：折现可视化

你的每一次及时行乐都是提前折现了你的长期目标。但是因为没有视觉化地表达出来，这种折现日积月累你看不见，于是下次还会想着"就吃一口没事的"，或者"就偷懒一会儿没事的"

折现可视化

没有牙菌斑

★ ☆ ★ ★ ★ ☆ ★

偷懒的开心

这样的心态。

所以用表格把每周偷懒的次数视觉化表现出来，你就知道自己是个什么状况。

在放慢呼吸等待10分钟后仍然想满足原始冲动的时候，先用这个表给自己加一个偷懒的小红花，扣去一个长期目标的小红花。

同样，只需要单纯记录即可，不需要有负罪感。

3. 第3周：增强"我要做"区域的力量

第1周和第2周的任务还在持续，第3周的任务也可以加入了。

第1步：从小事做起

刚才也说过，要从简单的事情开始做。

就像举重练习一样从轻的杠铃开始，慢慢你的肌肉才能锻炼发达。一下子就来高难度的动作，谁都吃不消。

小事比如刷牙刷满两分钟，

这些小事积累到一定时候，你就可以开始练大事了。这时候你会发现，练大事变得轻松了许多。

所以从一件最小的、你想改善的事情开始，哪怕做1周，你都会有不同的感觉。

第2步：挺10分钟

当你觉得坚持不住的时候，比如，写文章写着写着就走神想去干别的，这个时候再坚持10分钟。10分钟后再去干别的。

做其他事情也一样，如果实在不想做，就告诉自己"只做10分钟"就好了。这样可以大大降低心理负担。因为很多大任务都需要很长时间去完成，每次一想到时间太久，内心就会开始有抵触情绪。

10分钟就不一样了。

只背10分钟单词，那么现在可以抓起来就背。

只写10分钟文章，那么现在抓起来就可以写。

只要开始，你会发现可以慢慢延长时间。10分钟之后，想想可不可以再来一个10分钟？

第3步：时间管理

时间管理也是非常必要的。我们已经在前面讲过。大家记得亲身尝试。

最后，树立榜样和找好集体也是非常重要的！

自控力是会传染的。如果你在一个所有人自控力都很好的集体中，你的自控力也会不知不觉变好，而你在的集体自控力很差，你的自控力也会受到影响。

比如，你本来要戒烟，但是周围的人都在抽烟，那你就非常难以戒除。

所以无论是读书还是找工作，都优先选择自控力好的集体。

如果客观条件不允许，还可以参加一些网络社群，和其他进行自控力训练的同学在一起互相督促鼓励。

以前觉得没有用的知识，后来帮了我最多

我经常会收到一些私信询问关于大学专业的事情，他们觉得自己不喜欢自己的专业，或者觉得在学校里学的东西"没用"。

今天来分享一下我之前关于转专业和"课本知识无用论"的转变。

☆ 到底要不要转专业？

我本科读的是经济学。

那时候我压根儿不知道经济学毕业以后能干什么，师哥师姐们似乎都去了银行、房地产公司、证券所，然而我对这些行业并

不感兴趣。

上的课很多也很无聊，证券基础、政治经济学等，每节课我都犯困。尤其是有些课的老师喜欢唱"PPT卡拉OK"，整堂课都在念PPT，我根本就睁不开眼。

大二的时候我开始四处打听怎么转专业，还有没有别的专业可以转。

终于找到了一个可以转的专业，网络新闻。我当时在学校的网站工作，觉得这个专业特别适合我。

我立马一个电话打给我爸，斩钉截铁地说要转专业，却被我爸一口拒绝。

之后便是几个小时的父女长谈，最后我爸摆出了"我是你爸我说了算"的撒手锏，硬是没有同意我转专业。

后来的种种遭遇表明，姜还是老的辣，"父王"他是对的。

☆学了有什么用呢？

我们专业的同学经常会开玩笑说，经济学毕业以后就跟什么都没读一样，又没有什么专业技能，宏观、微观、统计、金融、证券，全都学一点，但全都不精。

我也常抱怨为什么这些教育这么不切实际，为什么不学一些行业的专业知识，这样毕业以后就可以直接工作了呀。

第一次猛然意识到自己学的东西"真的有用"是高一届的学姐在找工作时偶尔和我吐槽的时候。

"我本来想去一个金融刊物，可是他们不收新闻学的人，只收经济金融相关专业的人。哎，早知道这样我就不学新闻了。而且不只是金融类的报纸杂志，连社会类的媒体也喜欢招学经济学的。"学姐说。

另一次是针对物理学同学的经济学普及讲座，讲的东西对我们来说都是常识，而在课后，物理学的同学对我们说："这个讲座好难啊，我听得云里雾里的。"

我开始隐约感到似乎自己学的三年的经济学并不是没有用的。

再一次加深了经济学是有用的这一意识是在硕士读交互设计的时候。我们导师招我的很大一部分原因竟然是因为我本科读的是经济学。

我们有一门课是设计与商业，讲的是设计师该如何更好地理解商业并能够在以设计驱动的商业中产生影响力。整个课程大部分内容都涉及我本科学的各种科目，从微观经济学到产业经济学再到信息经济学，只不过往里加入了大量商业中的设计案例。

　　我惊异于原来那些枯燥的、本科学的知识可以这样迁移！和各大公司的产品设计案例相结合来看，我顿时觉得那些基础知识简直太厉害了。

　　而周围的很多学设计学出身的同学都有些愁眉苦脸，抱怨课太难了无法理解。

　　在之后的工作中，那些自以为"并没什么用"的知识一次又一次影响了我，无论是在做用户研究、设计师，或者创业，我更能够从一个宏观的角度来看待一些问题。

　　经济学对我来说，已经不再仅仅是知识，而成为我自己思考、表达及解决问题的重要思维方式。

☆ 到底什么才"有用"？

　　工作后，越来越觉得上大学那会儿以"有用的技能"至上的想法是非常幼稚的。

　　在知乎推荐书籍的时候，我曾多次提到道、术、器。

　　道，就是原理。

　　术，可以理解为解决问题的方法。

　　器，是执行的技术。

　　拿微信排版来说，可能很多人都会觉得排版嘛，谁都会，就是设置一下字体大小、颜色、行间距，设置一下标题什么的就搞定了。会用微信后台的人应该都会排版。

但是你会发现，每个公众号的排版是不一样的，有些排版你看着就舒服，有些排版你就读不下去。

会使用排版工具，这个技能就是"器"。只会用"器"，就是能排版，但排出来不一定好看。

微信排版技巧，则是"术"。掌握了这个"术"，你能排出让人舒服的版式，但可能跳出微信，去排杂志，或者海报，就不知所措了。

知道版式原理，就是"道"。可以根据不同的目的进行排版的调整，不仅可以给微信公众号排版，还可以给杂志及任何视觉媒介排版。

现实生活中，很多人就止步于"会使用排版工具"了，觉得这就叫"会排版"了。

很多时候大家所说的"有用的知识"更多是在说"器"，而不是"术"，更不是"道"。

"器"是见效最快的，很快学会，很快就会用。那些所谓教"干货"的职业培训学校教的大多都是这些。大众也更乐于学这种"干货"。

而"器"恰好又是寿命最短暂的，并且脱离了"术"和"道"的器，很快就会达到瓶颈，最终持有者只能成为一个匠人，而非大师，或者管理者。

☆ 为自己的未来做准备

未来的趋势必定是知识越来越融合，所以我建议大家多接触一些以"道"为主的学科，它们绝对会为你的前程打开一扇新的大门。

也许很多年后你会觉得，当初看的那一本无聊的《教育心理学》，又或是《政治科学》，将你的思考层面拉高到了另一个层次，当别人进入职业瓶颈的时候，你仍然可以高速发展。

人和人的差距，很多都在于此，在于是否深谙此"道"。